Cadeaux à la Cour impériale d'Autriche

Cet ouvrage a été édité à l'occasion de l'exposition « Cadeaux à la Cour impériale d'Autriche » organisée par le Crédit Communal de Belgique du 18 septembre au 6 décembre 1987 au Passage 44 (Bruxelles) dans le cadre d'Europalia Autriche.

Cadeaux à la Cour impériale d'Autriche

Crédit Communal

Autriche

Comité d'honneur

Dr. Alois Mock,
Bundesminister für Auswärtige Angelegenheiten
Dr. Hilde Hawlicek,
Bundesminister für Unterricht, Kunst und Sport
o. Univ.-Prof. Dr. Hans Tuppy,
Bundesminister für Wissenschaft und Forschung

Landeshauptmann Theodor Kery,
Burgenland
Landeshauptmann Leopold Wagner,
Kärnten
Landeshauptmann Dr. Wilfried Haslauer,
Salzburg
Landeshauptmann Dr. Josef Ratzenböck,
Oberösterreich
Landeshauptmann Dr. Josef Krainer,
Steiermark
Landeshauptmann Siegfried Ludwig,
Niederösterreich
Landeshauptmann Dr. Helmut Zilk,
Wien
Landeshauptmann Dipl. Ing. Dr. Alois Partl,
Tirol
Landeshauptmann Dr. Martin Purtscher,
Vorarlberg

Präsident Kommerzialrat Rudolf Sallinger,
Bundeskammer der gewerblichen Wirtschaft
Ministerialrat Dr. Anton Würzl,
Österreichische Fremdenverkehrswerbung

Belgique

Conseil d'administration

Président:
Baron Voghel,
Président honoraire du Palais des Beaux-Arts

Vice-présidents:
Pierre Harmel,
Ministre d'Etat
Leo Tindemans,
Ministre des Relations Extérieures

Administrateurs:
Willy Claes,
Président de l'Union Nationale des Mutualités Socialistes
Baron Evence Coppée,
Vice-président de Lafarge-Coppée
Roger Dehaybe,
Commissaire général au Commissariat général des Relations Internationales de la Communauté française
Comte Michel d'Ursel,
Commissaire général honoraire Europalia
Fernande Fazzi-De Clercq,
Avocat
Jean Godeaux,
Gouverneur de la Banque Nationale
Jacques Groothaert,
Président du Conseil d'Administration de la Générale de Banque
Maurice Huisman,
Directeur honoraire du Théâtre Royal de la Monnaie
Herman Liebaers,
Commissaire général honoraire Europalia
François Narmon,
Président du Comité de Direction du Crédit Communal de Belgique
Emile Noël,
Secrétaire général de la Commission des Communautés Européennes
Jos Op De Beeck,
Directeur général honoraire de la B.R.T. Radio
Frans Roelants,
Secrétaire général — Ministère des Affaires Etrangères
Robert Stéphane,
Administrateur général de la R.T.B.F
Diane Verstraeten,
Commissaire général — Commissariaat Generaal voor Internationale Culturele Samenwerking
Robert Wangermée,
Administrateur général honoraire de la R.T.B.F.
Paul Willems,
Administrateur délégué honoraire du Palais des Beaux-Arts

Commissaire aux Comptes:
John Poullet,
Secrétaire de la Banque Nationale

Autriche

Comité exécutif

Président:
Botschafter Dr. Franz Ceska

Vice-président:
Sektionschef i.R. Dr. Wilhelm Schlag

Suppléant:
Ministerialrat Dr. Peter Marginter

Commissaire général:
Kulturrat Helene Lamesch

Secrétaires d'exécution:
Dr. Wolfgang Kraus, Littérature
Prof. Dr. Hans Landesmann, Musique
Dr. Reinhard Urbach, Théâtre
Prof. W. Hofrat i.R. Dr. Walter Zettl, Expositions

Belgique

Commissaire général:
Paul Vandenbussche

Adjointe au Commissaire général:
Martine Baudin

Directeur Expositions:
Dr Robert De Smet

Directeur Musique:
Hadelin Donnet

Directeur littéraire et Théâtre:
Madou Moulaert

Direction Promotion et Relations Extérieures:
Nadine De Kerchove

Conseiller:
Guy Lemaire

Conseiller:
Général Gilbert Thibaut de Maisières

Coordination générale

Jacques Deraeve
et Jean-Marie Duvosquel

Exposition

Coordination scientifique:
Armand Duchâteau
Peter Parenzan

Conception spatiale et décoration:
Manfred Hürrig et Maurice Roquet

Réalisation technique:
S.P.R.L. Georges De Roo en Zonen, Deinze

Catalogue

Coordination scientifique:
Armand Duchâteau
Peter Parenzan

Rédaction:
Eva Ottillinger
Margarete Rauch

Traduction:
La division Traductions et Publications du Crédit Communal sous la direction de Jan Hauwaerts

Coordination technique:
Le service Publications du Crédit Communal sous la direction de Lieve Viaene-Awouters

Conception graphique de l'affiche et du catalogue:
Manfred Hürrig et Maurice Roquet
Assistante: Cécile Maniquet

Photogravure:
Gam Grafic, Herstal

Photocomposition:
Lithocompo, Liège

Imprimerie:
Massoz, Liège

Avant-propos

Voici quelques années, lors de la préparation de l'exposition « Trésors sur table », les organisateurs firent remarquer que les souverains et les princes avaient l'habitude d'offrir et de recevoir un grand nombre de cadeaux. A ce moment, aucun des intéressés ne pensait à Europalia Autriche. Pour le festival Europalia suivant, le choix s'était porté sur l'Espagne et personne ne savait que le tour de l'Autriche viendrait deux ans après.

Basée sur les suggestions faites à ce moment et stimulée par une première collaboration couronnée de succès, l'idée d'une exposition sur les « Cadeaux impériaux » prit progressivement forme. Au moment où l'Autriche fut choisie pour être au centre des prochaines manifestations d'Europalia, il fut décidé définitivement que notre contribution à ce festival s'articulerait autour de ce thème.

Dans son introduction, P. Parenzan explique comment le contenu de l'exposition s'est élargi à mesure que le sujet était approfondi. Ce qui n'était au départ qu'une collaboration bilatérale entre le Crédit Communal et les anciennes collections des porcelaines et de l'argenterie de la Cour impériale s'épanouit inévitablement en un projet multilatéral associant différents musées. Sept institutions importantes furent mises à contribution : le Kunsthistorisches Museum, avec ses différentes sections, le Museum für Völkerkunde, le Museum für Angewandte Kunst, l'Historisches Museum der Stadt Wien, l'Ehemalige Hoftafel- und Silberkammer, l'Ehemaliges Hofmobiliendepot, le Museum für Österreichische Kultur d'Eisenstadt.

Je souhaite remercier cordialement les directeurs et conservateurs pour l'aide qu'ils ont apportée à cette exposition. Ils ont bien voulu nous confier certaines de leurs pièces les plus précieuses. En voyant les œuvres exposées, chaque visiteur comprendra combien leur tâche a été difficile.

Les « Cadeaux à la Cour impériale d'Autriche » auront une place tout à fait originale dans la série d'expositions qui seront présentées dans le mois à venir. Cette manifestation répond entièrement à ce que l'on est en droit d'attendre d'un tel sujet : le scintillement des pierres précieuses, l'étincellement de l'or et de l'argent, la magnificence de la porcelaine, la richesse du mobilier et l'enchantement de la fête. Par sa diversité, elle montre les relations que l'Empereur entretenait avec la nation, avec sa famille, avec sa Cour et, enfin, avec le reste du monde, pour lequel il personnifiait la puissance de l'empire austro-hongrois.

Le visiteur attentif sera sensible à l'aspect humain lié à de nombreux cadeaux et conclura peut-être avec nous que les plus coûteux ne sont pas toujours ceux dont la valeur est la plus grande. Et cette réflexion est valable pour les grands de ce monde.

Nous tenons à remercier tout particulièrement MM. A. Duchâteau et P. Parenzan pour le zèle désintéressé dont ils ont fait preuve lors de la mise au point de cette manifestation, qui n'aurait pu avoir lieu sans leur collaboration.

François NARMON
Président du Comité de Direction du Crédit Communal

En guise d'introduction

En 1984, le Crédit Communal de Belgique demanda à l'ancienne kaiserlich-königliche Hofsilber- und Tafelkammer Wien de participer à la mise sur pied de l'exposition «Trésors sur Table». Rien ne laissait alors présager que cette manifestation donnerait naissance à une longue collaboration dont nous récoltons aujourd'hui les fruits.

Les nombreux objets qui avaient fait pour la première fois le voyage de Vienne à Bruxelles y connurent un franc succès. Il suffit de rappeler la table d'apparat de l'époque de François Ier (II).

L'idée germa d'organiser une autre exposition dans un avenir assez rapproché. Avant même que ne soit lancée la prestigieuse invitation d'Europalia, le Crédit Communal de Belgique, vivement intéressé par la nature de nos collections, rêvait de montrer l'étendue des «Cadeaux impériaux».

Au cours des travaux préparatoires, la liste des objets demandés s'allongea et d'autres musées de Vienne furent pressentis puisque — dans la mesure où ils appartiennent à la République fédérale — il s'agit de fondations impériales qui possèdent un grand nombre de cadeaux somptueux provenant de la maison de Habsbourg.

La notion de cadeau est prise au sens large, ce qui nous a permis de sélectionner aussi bien des présents offerts à l'empereur et à sa maison que des cadeaux faits par les Habsbourg à certaines personnes et institutions. C'est ainsi que l'exposition juxtapose d'une manière peu conventionnelle des objets d'une valeur inestimable et des pièces qui attirent l'intérêt surtout à titre de curiosité.

Même les grands de ce monde ne peuvent choisir les cadeaux qu'on leur offre et aucune couche sociale n'est à l'abri d'une faute de goût. C'est pourquoi il ne faut pas toujours prendre trop au sérieux ce mélange bigarré d'œuvres d'art et de pièces insolites.

Le thème de l'exposition implique également que l'on remette en lumière les relations entre la Belgique et l'Autriche, qui nous sont moins familières aujourd'hui. Nous souhaitons vivement que notre travail contribue à une meilleure compréhension mutuelle de l'évolution historique des deux pays.

Notre gratitude va à toutes les personnes qui nous ont accordé leur collaboration et plus particulièrement aux directeurs du Kunsthistorisches Museum de Vienne, MM. Georg Kugler, Manfred Leithe-Jasper et Christian Beaufort-Spontin, à M. Hans Manndorff, à M. Armand Duchâteau, du Musée ethnographique, à Mme Gerda Mraz, du Musée de culture autrichienne, à Mme Elisabeth Schmuttermeier du Musée des arts appliqués, à M. Günther Düriegl et Mme Renata Kassal-Mikula, du Musée d'histoire de la ville de Vienne.

Sans la précieuse coopération de Mmes Eva Ottillinger, Margarete Rauch et Ingrid Bacher pour le choix des œuvres et la rédaction du catalogue, la présente exposition n'aurait pu avoir lieu en raison d'un perpétuel manque de temps.

Nous remercions enfin le Crédit Communal qui n'a pas ménagé ses efforts pour mettre à notre disposition les salles et les moyens indispensables.

Peter PARENZAN

Les relations entre l'Autriche et la Belgique

par Margarete Rauch

Les premières relations entre l'Autriche et la Belgique remontent à l'époque des grands ducs de Bourgogne. En 1447, le duc Philippe le Bon envisagea de marier son fils unique Charles à Elisabeth d'Autriche et des négociations en ce sens furent entamées avec l'empereur Frédéric III. Philippe de Bourgogne espérait, grâce à ce mariage, acquérir plus facilement le Luxembourg, car Elisabeth était la petite-fille du roi Sigismond de Bohême-Luxembourg et, en cette qualité, une des héritières. Lors des pourparlers, le chancelier de l'empereur laissa entendre qu'il était parfaitement possible d'ériger à nouveau en royaumes des pays comme le Brabant. Le Bourguignon cherchait à ranimer l'ancien royaume lotharingien, un projet qui n'emportait pas l'adhésion de l'empereur. Les négociations finirent par s'étioler.

Au début des années 1470, Frédéric III craignait d'être encerclé par le duc Charles de Bourgogne et le roi Mathias Corvin de Hongrie. L'idée d'un royaume bourguignon refit surface, de même que celle d'un mariage Habsbourg-Bourgogne. Les élus étaient Marie de Bourgogne et Maximilien d'Autriche. Le 30 septembre 1473, les deux souverains se rencontrèrent une première fois à Trèves. La splendeur de la cour de Bourgogne est encore attestée de nos jours par les vases somptueux, sans doute cadeaux du duc à l'empereur et à sa suite, qui sont conservés au Kunsthistorisches Museum de Vienne (n^os^ cat. 87-90). Officiellement, on y parla d'une croisade contre les Turcs, mais en réalité il s'agissait d'un projet audacieux. L'empereur désignerait le duc comme son successeur à la tête de l'empire et obtiendrait à ce sujet l'accord des princes électeurs. Maximilien épouserait Marie et le duc confierait la succession de l'empire à son gendre. Quand on sait que l'empereur était alors un homme égrotant de 58 ans et que le duc n'avait pas 40 ans, cet arrangement semble tout à fait réaliste. Les pourparlers se révélèrent prometteurs et la date du 25 novembre fut arrêtée pour le couronnement du duc à la dignité de roi des Romains. Mais, au dernier moment, l'empereur se ravisa, doutant que les princes de l'empire reconnaissent le plus puissant duc d'Europe pour leur futur empereur. Et comme la délégation bourguignonne insistait pour que le couronnement ait lieu le lendemain, l'empereur quitta Trèves en secret avec une suite extrêmement réduite.

Le 5 janvier 1477, Charles le Téméraire trouva la mort devant Nancy. La jeune duchesse Marie devait faire face à un lourd héritage et essayer de défendre son patrimoine menacé. Les caisses étaient vides, l'armée bourguignonne décimée et des émeutes soulevaient le pays.

Le grand privilège de 1477 — qui devait être une pomme de discorde continuelle entre les futurs souverains et leurs sujets — consacrait le triomphe du régionalisme. Ce retour aux anciens privilèges empêchait le duché de se défendre lui-même. Le roi de France, Louis XI, marcha sur le duché et proposa à Marie d'épouser le dauphin alors âgé de 7 ans. Ce projet de mariage se heurta à l'opposition des Pays-Bas et de la Franche-Comté et Marie elle-même protesta auprès du roi en lui opposant ses fiançailles avec l'archiduc Maximilien d'Autriche. Comme la majeure partie de ses possessions relevait politiquement de l'empire germanique, il était donc parfaitement naturel qu'indépendamment de l'âge, Marie envoyât au plus tôt des messagers au fils de l'empereur. Lorsqu'il fit son entrée à Gand, accompagné d'une suite somptueuse, Maximilien fut chaleureusement acclamé par le peuple et par la jeune duchesse. Jean Molinet, chroniqueur de l'époque, écrit: « C'est un patron et un exemple vivant pour tous les beaux princes du monde ». Le mariage eut lieu quelques jours plus tard, le 19 août. Aidé de ses lansquenets, Maximilien parvint à battre Louis XI à Guinegatte et à chasser les Français du pays. L'héritage était en grande partie sauvé. Le mariage de Maximilien et de Marie fut très heureux. En 1478 naquit un fils Philippe, héritier de la couronne, suivi en 1480 par Marguerite, la future duchesse de Savoie. Mais le 27 mars 1482, Marie fit une chute de cheval et mourut des suites de ses blessures à l'âge de 24 ans, pleurée par tout son peuple et par son mari. Des décennies plus tard, Maximilien perpétua la mémoire de la compagne de sa jeunesse dans un monument littéraire qui porte le titre de Roi Blanc.

Après la mort de son épouse, Maximilien éprouva davantage de difficultés à assurer à son fils l'héritage maternel. Seules les provinces thioises et le Hainaut lui étaient fidèles. Maximilien trouva un soutien important auprès d'influentes familles nobles, les Croÿ et les Lannoy. Mais des conflits dans l'empire et les pays héréditaires le retenaient trop fréquemment et ne lui permirent pas de donner une cohésion interne à l'héritage bourguignon si disparate. Le duché était menacé d'être le théâtre de guerres, entre la France et les Habsbourg. De plus, la cherté de la vie, consécutive aux guerres, avait profondément irrité le peuple et Maximilien avait perdu beaucoup de son prestige, ainsi qu'en témoigne sa capture par la ville de Bruges. Lorsqu'il avait été fait empereur en 1493, Maximilien avait laissé la régence de son duché héréditaire à son fils, Philippe. Il pouvait être content de ce qu'il avait fait pour son fils. Le 9 septembre 1494, le duc Philippe le Beau fit son entrée à Louvain, mais le gouvernement effectif était aux mains d'hommes éprouvés et efficaces des familles Berghes, Croÿ et Lalaing.

Maximilien poursuivit la politique matrimoniale couronnée de succès qu'avait menée son père. Il réussit à s'allier avec le royaume d'Espagne en mariant Philippe à Jeanne de Castille et Marguerite à l'héritier de la couronne d'Espagne, Jean. Le 24 février 1500, Jeanne donna le jour à Gand à son fils aîné Charles, le futur empereur Charles Quint. Jean, le mari de Marguerite, mourut six mois plus tard, suivi par sa sœur aînée, la reine du Portugal, et bientôt par son fils unique Don Miguel, si bien que Philippe et Jeanne se retrouvèrent héritiers de la couronne espagnole à l'été 1500. Mais le 25 septembre 1506, Philippe le Beau décéda, lui aussi, inopinément et dès le 16 novembre les Etats bourguignons demandaient à Maximilien d'assurer la régence. Honoré de cette confiance, Maximilien dut bientôt confier la régence à sa fille Marguerite en raison de ses obligations dans l'empire. Maximilien n'aurait pu trouver une meilleure régente. Elle était si efficace que son neveu Charles la maintint comme gouvernante de ses possessions bourguignonnes après son accession à la dignité impériale. Pendant la gouvernance de cette princesse intelligente et cultivée, qui dura près de 25 ans, la Bourgogne connut un nouvel essor.

Après avoir été rappelée dans son ancien pays par Maximilien, Marguerite se fit construire un palais moderne à Malines, qui est en fait la première construction Renaissance du pays. Son principal conseiller, Mercurino Gattinara, l'avait suivie de Savoie aux Pays-Bas. Elle nomma notamment Adrien d'Utrecht, le futur pape Adrien V, comme précepteur de son neveu. En 1516, après la mort de Ferdinand d'Aragon, Charles accéda au trône avec sa mère Jeanne. L'empereur Maximilien mourut trois ans plus tard sans avoir fait élire de son vivant son petit-fils en qualité de roi des Romains. Marguerite usa de tous les moyens dont elle disposait pour assurer la dévolution de l'empire à Charles et c'est avec beaucoup de fierté qu'elle put assister à son couronnement de roi germanique le 23 octobre 1519 à Aix-la-Chapelle. Pour la première fois dans l'histoire, les couronnes du duché de Bourgogne, du royaume d'Espagne et du Saint Empire romain germanique se trouvaient réunies sur une seule tête. Le rêve de Charles le Téméraire s'était plus que réalisé. Mais pour la Bourgogne cette élévation de rang de son prince ne signifiait pas une promotion politique, puisque au contraire elle fut encore davantage impliquée dans les intrigues de la politique européenne. De son côté, la France se retrouva confrontée à une constellation dangereuse: au nord, les Habsbourg de Bourgogne, au sud les Habsbourg d'Espagne, tandis qu'Henri VIII, l'oncle du jeune empereur, régnait en Angleterre.

Après l'élection de Charles à la dignité de roi des Romains, Marguerite s'employa à promouvoir de son mieux des relations étroites entre les cours de Londres et de Bruxelles.

Dans le courant des deux premières décennies du XVIe siècle, le commerce maritime bourguignon avec les pays de la mer Baltique s'était fortement réduit. Anvers devint un marché international, le centre du commerce baltique des céréales et le point de départ du commerce avec le nouveau monde. Outre le commerce maritime, l'industrie drapière s'implantait de plus en plus et cet essor d'Anvers coïncida avec une décadence de Bruges. Le port de cette ville commençait à s'ensabler à la suite d'une modification du régime des marées, ce qui favorisa de nouveau Anvers. Marguerite de Savoie encouragea la création d'un corps de fonctionnaires bien formés, refrénant ainsi l'influence de la haute noblesse sur les affaires de l'Etat. Quand elle croyait que les intérêts de son neveu le requéraient, elle ne craignait pas d'en user brusquement avec les privilèges des Etats. Il était donc naturel que les plaintes la concernant reviennent à l'empereur lui-même. Mais l'empereur ne fut jamais forcé d'envoyer des intermédiaires dans son duché. Marguerite était une femme fière qui se sentait plus d'attaches avec sa dynastie qu'avec son pays. Elle était profondément consciente d'être la fille d'un empereur. Elle soutint l'ascension vertigineuse de son neveu contre les intérêts des provinces qui lui étaient confiées. Mais en matière économique, la pensée de cette femme était étonnamment moderne. Pendant qu'elle était à la tête des Pays-Bas, le niveau de vie de la population s'améliora sensiblement ; elle introduisit d'importantes nouveautés en agriculture, domaine où son pays était le premier d'Europe. Dans sa dernière lettre à l'empereur, peu de temps avant sa mort survenue le 30 novembre 1530, Marguerite pouvait écrire avec fierté : « ... et je transmets les provinces qui m'ont été confiées non seulement intactes, mais également considérablement agrandies, après un règne pour lequel j'estime avoir mérité l'amour de Dieu, votre contentement et la gratitude de la postérité ». Toutefois, elle ne parvint pas à vaincre la pauvreté dans ses provinces, malgré le bien-être général.

Le palais de Marguerite à Malines était un centre où se rencontraient tous les artistes. Elle fut la première véritable collectionneuse de sa famille. Ses collections ne consistaient plus en une chambre du trésor au sens traditionnel, car elle aimait les œuvres, les collectionnait et les intégrait dans sa vie quotidienne. Avec beaucoup de fierté, elle montrait personnellement ses collections à des visiteurs tels qu'Albert Dürer et sa bibliothèque comptait parmi les plus riches de son temps.

Après la mort de Marguerite de Savoie, il importait pour le pays de savoir qui reprendrait la régence. Le choix de Charles se porta sur sa sœur Marie, la reine de Hongrie devenue veuve. Jeune encore, elle avait dû faire ses preuves en Hongrie et ses frères Charles et Ferdinand appréciaient pleinement ses qualités. Marie transféra sa résidence de Malines à Bruxelles. La tâche qui attendait la jeune reine n'était pas simple. Il fallait en effet trouver un équilibre entre les exigences que l'empereur avait l'habitude d'imposer au pays en matière financière et les besoins des régions qui lui étaient confiées. En outre, les nobles étaient très jaloux de leur influence et les Etats intransigeants quant à leurs droits.

Afin de garantir les intérêts économiques, la reine s'employa à apaiser les troubles que son beau-frère, le roi de Danemark, avait déclenchés dans le Nord. C'était en effet le commerce avec les pays de la Baltique qui était en jeu et il fallut de nombreuses négociations pour donner suite aux revendications de la Bourgogne qui souhaitait pouvoir commercer librement dans les mers du Nord. De plus, le traité défavorable, conclu avec l'Angleterre en 1506, menaçait le commerce bourguignon avec l'Est, qui revêtait une si grande importance. Le danger que l'Angleterre ne détournât à elle ce commerce qui se faisait par la Hollande, la Zélande, la Flandre et le Brabant, était bien réel. De terribles inondations en Hollande et en Zélande, associées à de mauvaises récoltes, entraînèrent à nouveau du chômage et provoquèrent dans le nord du pays des troubles qui allèrent en s'intensifiant. Une profonde méfiance envers l'empire des Habsbourg d'Espagne s'installa dans le peuple. Les intérêts du commerce et les troubles religieux, en particulier dans les provinces du nord, amenèrent Marie à lancer des avertissements : « les finances de cet empire sont très mauvaises ; toutes les provinces ont besoin de calme et de paix pendant plusieurs années. Les Pays-Bas sont perdus sans l'empereur, particulièrement si le duc de Clèves s'empare entre-temps de la Gueldre. Et il est évident que Votre Majesté se doit d'abord, devant Dieu, à ses propres provinces et à ses sujets. » Paroles pleines de pertinence que Marie écrivait là à son frère l'empereur. En effet, au début des années 1540, les provinces bourguignonnes étaient menacées de deux côtés: au sud, comme d'habitude, par la France, et au nord par la Gueldre. Marie se rendit de place en place pour protéger le pays contre les dangers qui le menaçaient. Les généraux de Marie insistèrent pour qu'elle prenne des mesures contre le duc de Clèves et contre la Gueldre. Bien que les territoires bourguignons comptassent parmi les pays les plus riches d'Europe, leurs finances étaient quasiment épuisées par les nombreuses guerres du siècle précédent. De plus, les séjours occasionnels de la cour impériale représentaient une charge non négligeable pour le pays. Les démêlés de l'empereur avec les villes commerçantes du nord de l'Allemagne risquaient d'avoir des répercussions négatives dans son propre duché. Ce conflit commercial témoigne de toute l'étendue des problèmes auxquels les provinces bourguignonnes étaient confrontées. Si le duché de Flandre, la Bourgogne et l'Artois n'appartenaient pas à l'empire, en revanche, les autres provinces en constituaient des éléments, mais elles en avaient été détachées dans le cadre de l'Etat bourguignon. Sur les instances de la reine Marie, le statut de la Bourgogne fut redéfini en 1548, en accord avec l'empire par la transaction d'Augsbourg. Les pays de l'entité bourguignonne furent affranchis des décisions de la Diète et de la juridiction impériale, tout en conservant une protection totale de la part de l'empire. En cas de guerre contre les Turcs, ils étaient obligés de payer autant de subsides que trois Electeurs; en temps ordinaire, ils payaient autant de subsides que deux Electeurs.

Dans les années qui suivirent, Marie ne se fit pas faute de répéter qu'elle voulait la paix. Elle put tenir son pays à l'écart de nombreuses guerres et assurer un certain bien-être au peuple. Mais bientôt le spectre d'une guerre de religion se profila à l'horizon. Le 25 octobre 1555, la reine Marie renonça à la régence dans la grande salle du palais de Bruxelles où l'empereur avait abdiqué et le suivit en Espagne. Elle y mourut le 18 octobre 1558, quelque semaines après l'empereur, son frère.

Les Pays-Bas espagnols furent exclusivement administrés par des régents espagnols jusqu'en 1578. Malgré un séjour de quatre ans, Philippe II fut et resta étranger à la spécificité bourguignonne, en quoi il adoptait une attitude tout à fait différente de celle de son père qui se sentait très proche du pays où il avait vu le jour. Comme Don Juan d'Autriche, le fils naturel de Charles Quint, s'était révélé piètre régent et que les membres catholiques des Etats Généraux craignaient Guillaume d'Orange et son calvinisme, les instances supérieures proposèrent, en 1577, à l'archiduc Mathias de gouverner le pays. Mathias était le fils cadet de l'empereur Maximilien II dont on connaissait le penchant pour le protestantisme, mais il était aussi le neveu de Philippe II. Vu sous cet angle, Mathias aurait réellement été la personne indiquée pour négocier avec les parties. De plus, dans la situation dans laquelle se trouvait l'Etat, la régence de Mathias ne pouvait qu'améliorer les choses, ce qui n'était pas un mince avantage. Mais Mathias, qui avait quitté Vienne en secret, ne possédait ni troupes ni argent et à 20 ans il était totalement inexpérimenté comme régent. Apparemment, la situation n'était pas encore suffisamment embrouillée car Mathias se heurta à l'intolérance des calvinistes mais aussi des catholiques. Son décret garantissant la liberté de culte ne trouva guère d'écho. Après la défaite de Gembloux, Mathias se réfugia à Anvers avec Guillaume de Nassau, le stadhouder qui lui avait été imposé. Son frère, l'empereur Rodolphe II, dut payer les dettes que Mathias avait contractées, avant que celui-ci ne puisse regagner l'Autriche. La régence du futur empereur Mathias se termina ainsi de manière déplorable. Mais Philippe II considérait que la meilleure façon de gérer l'héritage bourguignon consistait à confier la régence à un membre de sa famille. C'est pourquoi il eut de nouveau recours aux descendants de sa sœur Marie. Cette fois, il confia le gouvernement à l'archiduc Ernest, frère cadet de l'archiduc Mathias dont la mission n'avait pas été un succès. Ernest avait été éduqué à la cour de Philippe II avec son frère aîné, l'empereur Rodolphe II. Fin juin 1593, l'archiduc fit son entrée à Bruxelles pourvu d'instructions précises de la part du roi. Le peuple, irrité par le gouvernement du comte de Fuentes, accueillit l'archiduc par de vives acclamations. Le pays attendait beaucoup du nouveau régent, ainsi qu'en témoigne un cadeau de la ville d'Anvers à l'archiduc. La série des douze mois de l'année de Pierre Bruegel l'Ancien appartenait à la ville d'Anvers depuis 1594. Elle fit cadeau de la moitié de cette série au représentant de la cour. Le nouveau régent eut à peine l'occasion de se distinguer et de prouver sa valeur. Pour avoir les mains libres contre la France, l'Espagne essaya de conclure une trêve avec les Provinces-Unies. Celles-ci répondirent à la proposition du roi d'Espagne et de son représentant en accusant l'archiduc Ernest de vouloir assassiner le prince Maurice de Nassau. Et comme si cela ne suffisait pas, une mutinerie éclata parmi les troupes espagnoles. Ernest mourut le 20 février 1595 après un peu plus d'un an et demi de régence, sans avoir pu prendre d'autres mesures contre les révoltés du Nord et contre la France.

Après la mort prématurée de l'archiduc Ernest, le choix de Philippe se porta sur le plus jeune fils de sa sœur Marie, l'archiduc Albert. Comme pratiquement tous les fils de l'empereur Maximilien II, Albert avait été éduqué à la cour de son oncle et beau-frère Philippe. De santé fragile, Albert fut rapidement destiné à l'état religieux et reçut une éducation soignée. Son précepteur, le célèbre Ghislain de Busbecq, éveilla très tôt chez son élève l'amour de la science. Agé de 18 ans, Albert reçut la pourpre cardinalice et fut nommé archevêque de Tolède. Après la réunion de l'Espagne et du Portugal, Philippe II confia à son neveu la dignité de vice-roi et à la mort de son frère, il envoya Albert aux Pays-Bas. Comme Rodolphe II n'envisagea apparemment jamais de consommer le mariage avec sa cousine Isabelle, Albert fut rendu à la vie laïque et épousa Isabelle. En 1596, Albert fit son entrée dans Bruxelles comme gouverneur et futur beau-fils du roi. Albert conquit la place forte de Hulst et le port de Calais. Malheureusement, un manque chronique d'argent vint gâcher les entreprises si bien commencées. L'année suivante, Albert dut subir des incursions des Français et de Maurice de Nassau. L'Espagne se rendit compte que seule la paix avec la France permettrait d'avoir les coudées franches envers les Etats Généraux et rendit Calais à la France en 1598. Cependant, le pays était profondément déchiré. Les provinces protestantes du Nord, fières de leurs victoires, ne devaient plus jamais reconnaître un gouverneur catholique et le Sud resté catholique considérait les protestants du Nord comme des étrangers.

Philippe II mit l'ancien héritage bourguignon dans la corbeille de mariage de sa fille en spécifiant toutefois que le pays ferait retour à l'Espagne si le couple n'avait pas d'enfants. En effet, la mariée était âgée de 32 ans. De plus, ce document contenait tellement de limitations qu'en réalité presque rien n'était changé des anciennes relations et liens de dépendance. Quant à l'armée espagnole, elle restait dans le pays. Cependant, Philippe II espérait, par cette démarche, pouvoir à nouveau réunir les provinces. Aux yeux de la population, le nouveau couple de gouverneurs apparaissait comme le garant d'une nouvelle époque florissante. Le peuple se souvenait des jours heureux du temps de Marguerite de Savoie et de Marie de Hongrie et était prêt à les revivre. Les Etats Généraux furent convoqués à Bruxelles pour avril 1600. Mais si les Etats Généraux croyaient pouvoir, pour ainsi dire, faire appliquer leur propre politique, ils se heurtèrent à l'attitude des archiducs qui devaient tenir compte des volontés de Madrid. Il y eut des dissensions et les Etats Généraux ne furent plus convoqués désormais. En juin 1600, Maurice de Nassau envahit la Flandre mais il dut constater avec étonnement que le pays, resté catholique, se méfiait de lui, alors qu'il avait escompté un soulèvement de la population contre l'Espagne. Bien qu'ayant à nouveau enregistré des succès au début, les archiducs montrèrent peu d'habileté lors des négociations et Albert se vit obligé de continuer la guerre. Il tenta, sans succès, de prendre Ostende. En 1603, il se vit contraint de confier la direction du siège d'Ostende au général espagnol Spinola qui parvint à faire tomber la ville la même année, mais ce faisant, il perdit l'Ecluse.

Le roi d'Espagne Philippe III força Albert à céder entièrement le commandement de l'armée à Spinola. Naturellement, cette décision diminua le prestige de l'archiduc dans le pays. Spinola se considérait plutôt comme un exécutant du roi d'Espagne que comme le chef d'armée d'un pays indépendant. Albert se vit de plus en plus confiné dans un rôle de représentation protocolaire. Mais le brillant général Spinola lui-même échoua finalement vu les conditions particulières. Une trêve de 12 ans fut conclue avec les provinces du nord en 1609. La vraie mission d'Albert, qui consistait à réunir les provinces, était ainsi définitivement compromise. La séparation du Nord protestant et du Sud catholique était plus profonde que jamais. Albert mourut à Bruxelles en 1621 et fut enterré dans l'église Sainte-Gudule. Les Pays-Bas, quant à eux, furent à nouveau soumis à l'autorité de l'Espagne.

Près d'un quart de siècle après la mort d'Albert, le dernier gouverneur revêtu de la dignité d'archiduc fit son entrée à Bruxelles. Il s'agissait de l'archiduc Léopold Guillaume, fils de l'empereur Ferdinand II et cousin du roi d'Espagne Philippe IV. Il entra à Bruxelles en 1647. Comme Albert, il s'était orienté vers la carrière ecclésiastique et avait été évêque de Magdebourg, Halberstadt, Strasbourg et Olmütz ainsi que grand maître de l'Ordre teutonique. Enfant de la guerre de Trente Ans, il se trouvait sur le terrain des combats depuis l'âge de 25 ans, malgré sa dignité ecclésiastique, et il remporta des succès authentiques. Mais lorsqu'il fut appelé comme régent aux Pays-Bas, Léopold Guillaume demanda à avoir carte blanche, ce que le roi lui accorda.

Lorsque le traité de paix de Münster fut signé le 30 janvier 1648, la reconnaissance des provinces septentrionales comme Etat libre et souverain libéra le nord des Pays-Bas espagnols du danger de nouvelles attaques hollandaises. Mais le prix que ces derniers durent payer pour cette paix était important puisque l'Escaut ainsi que les canaux du Sas furent fermés à la navigation. Ceci porta un coup très dur au commerce.

Léopold Guillaume, qui était un grand mécène, acheta pour sa collection personnelle de peintures non seulement de nombreuses œuvres d'artistes en vie mais aussi des chefs-d'œuvre réalisés au cours des siècles précédents, comme le portrait du cardinal Albergati, de Jean Van Eyck. Il nomma David Teniers le Jeune peintre de la cour et directeur de la collection de tableaux. Léopold Guillaume quitta les Pays-Bas espagnols en 1656.

Les relations entre les Pays-Bas méridionaux et l'Autriche prirent une tout autre tournure lorsque le territoire fut dévolu aux Habsbourg d'Autriche après la guerre de la succession d'Espagne. L'Autriche ne put recueillir cet héritage espagnol que parce que les puissances maritimes ne s'entendaient pas entre elles à ce propos. L'opposition de l'Autriche et de la France était connue et on savait que la première ne céderait jamais le pays à la seconde. En février 1716, le comte de Königsegg prit possession des Pays-Bas au nom de l'Autriche en qualité de ministre plénipotentiaire. Comme après la mort de Charles le Téméraire, les Autrichiens retrouvaient un pays vaincu mais cette fois terriblement dévasté par la guerre. Cette nouvelle province étant fort éloignée des autres pays de la couronne, les Habsbourg envisagèrent à l'occasion d'échanger les Pays-Bas contre un pays limitrophe de la monarchie. L'empereur Charles VI, Marie-Thérèse et Joseph II tentèrent à de multiples reprises de céder la Belgique contre des pays comme la Bavière ou la Silésie. Et comme seul un pays florissant est un bon objet d'échange, l'administration impériale essaya de ranimer le commerce et l'économie. Le traité de la Barrière conclu avec les Provinces-Unies ne favorisait pas ces efforts puisqu'il cédait aux Hollandais une série de places fortes dans le nord du pays, alors que ceux-ci n'avaient pas l'intention de rouvrir l'Escaut à la navigation. Ceci aurait à nouveau pu faire d'Anvers un port mondial. Dès lors, les Autrichiens se mirent à doter le seul port des Pays-Bas autrichiens, Ostende, d'installations lui permettant d'accueillir des navires de haute mer. Le port fut alors agrandi et approfondi. Des commerçants constituèrent des consortiums et équipèrent des grands navires transocéaniques. En 1715, le «Charles» d'Ostende appareilla pour la Chine et revint en 1716 avec une riche cargaison. D'autres navires partirent à la recherche de la soie, du thé, de la porcelaine, du poivre et assurèrent aux commerçants des gains importants. Les puissances maritimes ne considéraient pas précisément ce commerce d'un bon œil et elles n'allaient pas tarder à se plaindre à Vienne des commerçants des Pays-Bas du Sud. En effet, les villes commerçantes telles que Bruges, Ostende et Anvers avaient créé de nombreuses sociétés qui armaient des bateaux pour l'Inde ou la Chinc. En 1722, l'empereur Charles VI promulgua «la Charte de la compagnie impériale et royale établie dans les Pays-Bas Autrichiens». Les Français interdirent toute participation aux sociétés sous peine d'une forte amende et les Provinces-Unies invoquèrent le traité de Münster. En 1727, l'empereur fut obligé de suspendre la société pour sept ans. Il aurait été préférable de laisser cette forme de commerce au secteur privé.

Le premier gouverneur nommé par l'empereur Charles VI fut le prince Eugène de Savoie. Mais la reprise de la guerre contre les Turcs amena le prince à envoyer le marquis de Prié comme représentant dans les Pays-Bas. A l'occasion de cette élection, ni l'empereur ni le prince ne firent preuve de beaucoup de doigté. La noblesse locale souhaitait voir le pays gouverné par une personne de sang royal. Ceci ouvrait la voie toute grande à une opposition permanente avec le Conseil d'Etat. En 1717, le Conseil suprême des Pays-Bas fut créé à Vienne comme instance supérieure d'administration, sur le modèle espagnol. De ce fait, le Conseil de Flandre perdit de son importance. En 1717 également, une académie d'ingénieurs calquée sur celle de Vienne, vit le jour à Bruxelles. Afin d'apaiser la noblesse, Charles VI dépêcha sa sœur, l'archiduchesse Marie-Elisabeth, comme gouvernante à Bruxelles en 1723 et le marquis de Prié quitta le pays au grand soulagement de la population. Pourtant il était presque parvenu à réaliser cette chose incroyable de payer régulièrement les intérêts de la dette et même de rembourser une partie de celle-ci. Effort d'autant plus méritoire qu'en raison du coût des places hollandaises de la Barrière, les Autrichiens perdaient un tiers de leurs revenus.

Les années de paix qui s'ensuivirent augmentèrent le bien-être des citoyens. Le pays reçut une nouvelle constitution qui faisait de nouveau appel aux institutions de l'époque d'avant Philippe V. Les trois conseils collatéraux furent réinstaurés et outre le Conseil d'Etat, c'était le Conseil privé qui s'occupait des affaires les plus importantes. Comme la guerre de la succession d'Autriche ne devait pas transformer les Pays-Bas en théâtre des opérations dans un premier temps, le sort de la population se maintint. La régente, l'archiduchesse Elisabeth, mourut en 1741. Marie-Thérèse remplaça le premier ministre du gouverneur par un ministre plénipotentiaire et les instances centrales de Vienne furent renforcées. Le comte de Königsegg-Erps prit ses fonctions au début de 1743 mais il fut bientôt remplacé par le gouverneur intérimaire, le comte de Kaunitz. Si les Pays-Bas connurent d'abord une période de tranquillité, Louis XV ne put toutefois résister à la tentation d'utiliser à son profit les troubles qui se firent jour après la mort de l'empereur. Son maréchal, Maurice de Saxe, vainquit les troupes impériales et Louis XV fit son entrée à Bruxelles en 1746. Marie-Thérèse réussit à repousser les Français du pays mais le traité de paix d'Aix-la-Chapelle obligea la France à démanteler le port de Dunkerque, opération qui ne pouvait qu'être profitable à Ostende. Comme les barrières avaient trouvé leur inutilité, Marie-Thérèse cessa de payer les Provinces-Unies. Après l'échec d'une tentative d'échange des Pays-Bas contre la Silésie, l'impératrice nomma son beau-frère Charles de Lorraine au poste de gouverneur, fonction qu'il prit en charge le 23 avril 1749. Autant la population de Bruxelles avait accueilli Louis XV froidement, autant l'entrée de Charles de Lorraine fut un véritable triomphe. Charles s'avéra peu heureux comme feld-maréchal, mais son gouvernement fut profitable. Marie-Thérèse envoya ses hommes les plus capables dans les Pays-Bas autrichiens, notamment, le marquis di Botta Adorno, et avant lui le comte Wenceslas de Kaunitz-Rittberg et à partir de 1753 Charles Philippe, comte de Cobenzl qui déploya d'incessants efforts pour développer l'économie et les sciences dans le pays. Pour cultiver le ver à soie, Charles de Lorraine fit planter plusieurs centaines de mûriers. Grand protecteur des arts, il fit ouvrir une petite manufacture de porcelaine. En 1772, il fonda l'Académie impériale et royale des sciences et des belles-lettres de Bruxelles, tandis qu'une académie militaire voyait le jour à Anvers dans le but de former les cadres de l'armée. Lorsque Marie-Thérèse mourut en 1780, elle fut très regrettée dans les Pays-Bas, où tous les honneurs lui furent rendus. Charles de Lorraine était mort le 4 juillet de la même année. Son décès fut également profondément déploré par la population. Une époque heureuse et pacifique prenait ainsi fin.

Les nouveaux gouverneurs, l'archiduchesse Marie-Christine, la fille préférée de l'impératrice, et son mari, Albert de Saxe-Teschen, le fondateur de la célèbre collection graphique, l'Albertine, reprirent au début un pays bien géré.

Comme dans les autres pays héréditaires, le règne de Joseph II, qui pensait pourtant bien faire, fut également défavorable aux Pays-Bas autrichiens. L'empereur les visita en 1781. Il décida une fois pour toutes de résoudre l'ancien problème lancinant de la fermeture de l'Escaut. Joseph II fit savoir aux Hollandais qu'ils devaient démanteler leurs places fortes dans le pays. Déjà Marie-Thérèse ne payait plus pour les places de la Barrière et Joseph souhaitait aller plus loin puisqu'il ne voulait plus voir aucun soldat sur le sol des Pays-Bas autrichiens ; il demanda aux Hollandais de laisser libre passage sur l'Escaut aux bateaux battant pavillon impérial. S'il pensait que les Hollandais n'oseraient jamais s'en prendre à l'armée impériale, Joseph II dut rapidement constater qu'il s'était trompé. En octobre 1784, les premiers bateaux autrichiens descendirent l'Escaut et les Hollandais ne se firent pas faute de les bombarder. Cependant, Joseph n'était pas préparé à une guerre à laquelle il ne croyait pas. Il y avait trop peu de troupes en Belgique et de plus la France s'allia aux Hollandais sans toutefois intervenir formellement dans la guerre, pour autant que l'on puisse appeler guerre ce va-et-vient. En 1785, le traité de paix de Fontainebleau obligea Joseph II à renoncer à l'ouverture de l'Escaut. De même, les réformes religieuses de Joseph II ne passèrent pas inaperçues et les idées centralisatrices en matière d'administration qu'il appliqua en 1787 furent sans lendemain. Sans se préoccuper de la constitution historique des provinces, ni des structures qui avaient jusque-là régi les principautés, il divisa le pays en neuf circonscriptions et créa un Conseil du gouvernement général — au grand mécontentement des autochtones et des gouverneurs qui devaient vivre avec une population peu disposée au changement. Comme les gouverneurs ne s'entendaient pas très bien avec l'empereur, ils furent écartés du gouvernement proprement dit. En outre, la révolution éclata en France et des émigrants français envahirent le pays, l'inondant des idées nouvelles. Joseph II mourut à Vienne en 1790 et son frère Léopold, grand-duc de Toscane, accéda au trône. Des soulèvements éclatèrent dans les Pays-Bas autrichiens. Un congrès se réunit et proclama l'archiduc Charles, fils de l'empereur Léopold II, grand-duc héréditaire des Pays-Bas. Mais toutes ces mesures venaient trop tard. Quand Albert et Christine revinrent une dernière fois au pays, celui-ci était perdu pour l'Autriche. En 1795, les Français occupèrent la Belgique.

Après les troubles des guerres napoléoniennes, la Belgique revint provisoirement à l'Autriche en 1814. Le baron de Vincent fut nommé gouverneur impérial à Bruxelles. Le Congrès de Vienne réunit la Belgique et la Hollande mais dès 1830 une révolution éclata en Belgique et le pays se sépara de la Hollande. Une conférence fut convoquée à Londres en novembre pour se prononcer sur la situation en Belgique. L'Autriche était représentée par l'ambassadeur Paul Antoine, prince Esterhazy. Le 31 janvier 1832, la Belgique fut reconnue officiellement. Ceci ne correspondait pas à la politique de Metternich et la cour de Vienne n'envoya un ministre plénipotentiaire en Belgique qu'après la reconnaissance du pays par la Hollande. Le premier ambassadeur autrichien, Maurice comte Dietrichstein, présenta ses lettres de créance en 1839. Les relations entre l'Autriche et la Belgique se concrétisèrent au cours des années 1850 par plusieurs mariages avec la maison de Habsbourg. Le 27 juillet 1857, le jeune frère de l'empereur François Joseph Ier, Maximilien, épousa Charlotte, fille du roi Léopold Ier de Belgique. Cette union qui s'avérait heureuse sur le plan humain, finit tragiquement. Relégué au second plan par son frère en Autriche, Maximilien accepta la couronne du Mexique, encouragé par une épouse ambitieuse. Il fut fusillé au Mexique en 1867. Son épouse survécut à sa chute dans l'aliénation mentale pendant 60 ans et mourut dans sa patrie, la Belgique, en 1927.

Le frère de Charlotte, Léopold de Belgique, épousa en 1853 Marie-Henriette, fille de l'archiduc Joseph Palatin. Cette union ne fut pas heureuse et lorsque leur fils unique Léopold mourut en 1869, ses parents se séparèrent complètement.

En fait, ces deux mariages auraient dû constituer un avertissement. Mais il y eut une nouvelle union Cobourg-Habsbourg. Le 10 mai 1881, Stéphanie, la jeune fille de la malheureuse Marie-Henriette, convola avec Rodolphe, le prince héritier d'Autriche. Ce mariage devait tourner à la catastrophe. Le fils unique de l'empereur François Joseph se donna la mort à Mayerling en 1889. Stéphanie, elle-même, trouva le bonheur par la suite en épousant le comte hongrois Elemer Lonyay. Elle mourut très âgée, à Pannonhalma le 23 août 1945, témoin d'une époque révolue. Cette union entre Rodolphe et Stéphanie s'accompagna d'une autre tragédie dans la maison des Habsbourg. Lorsque Rodolphe sollicitait la main de la fille du roi des Belges, l'Autriche était représentée en Belgique par son ambassadeur, le comte Bohuslav Chotek. Sa fille Sophie devint l'épouse morganatique de l'archiduc François Ferdinand, héritier du trône. Contrairement à l'union Stéphanie-Rodolphe, ce mariage promettait d'être très heureux et seules les balles de Sarajevo vinrent mettre un terme à l'une des plus belles unions de l'histoire de la maison de Habsbourg.

Le 26 août 1914, le dernier ambassadeur d'Autriche-Hongrie, Siegfried, comte de Clary, remit la déclaration de guerre de l'Autriche. Après la Première Guerre mondiale, lorsque la petite république d'Autriche succéda à la grande monarchie, le nouvel Etat ne pouvait pas se permettre d'avoir sa propre ambassade en Belgique. Un consulat honoraire fut ouvert à Bruxelles et à Anvers en 1924. Ces représentations furent étoffées jusqu'en 1929 par un autre consulat honoraire à Anvers et par un consulat général comptant trois consuls honoraires à Bruxelles. Depuis 1924, le chargé d'affaires à La Haye était également accrédité pour la Belgique. Après la Seconde Guerre mondiale, l'Autriche comprit l'importance d'une représentation propre en Belgique. Dès 1946, un ambassadeur autrichien résida à nouveau en Belgique pour la première fois depuis 1914.

Annexe

Les Belges au service de l'Autriche

Quand on parle des Belges au service de l'Autriche, on pense en premier lieu à Charles de Ligne. Mais les relations entre la Belgique et l'Autriche sont beaucoup plus étroites. Une institution viennoise aussi typique que les Petits Chanteurs de Vienne a eu un antécédent bourguignon. En 1498, l'empereur Maximilien Ier créa la musique de la cour à Vienne sous la direction d'Arnold de Bruck, en s'inspirant de l'exemple de la cour bourguignonne. De même, les maîtres de chapelle qui suivirent provenaient également des Pays-Bas, notamment Jacques Vaet et Philippe de Mons.

Le savant Ogier Ghislain de Busbecq voyagea au service de l'empereur Ferdinand Ier et fut son ambassadeur en Turquie en 1554, où il vécut à la cour de Soliman II jusqu'en 1562. De son séjour en Turquie, il ramena la tulipe et le lilas et les répandit en Europe.

Lors des guerres contre les Turcs que Marie-Thérèse dut mener et lors des campagnes napoléoniennes, ce furent à nouveau des ressortissants des Pays-Bas du Sud qui dirigèrent les troupes autrichiennes comme généraux ou feld-maréchaux. Nombre d'entre eux reçurent l'ordre de Marie-Thérèse.

ARENBERG : Léopold Philippe Charles Joseph duc d'Arenberg combattit sous le prince Eugène près de Belgrade et sur le Rhin. En 1736, il fut fait feld-maréchal et général en chef dans les Pays-Bas autrichiens puis devint gouverneur du Hainaut et chevalier de l'ordre de la Toison d'Or.

CLERFAYT : le comte Charles de Clerfayt combattit lors de la guerre de Sept Ans et fut l'un des premiers à être décoré de l'ordre de Marie-Thérèse et à devenir membre de l'ordre de la Toison d'Or. Il fut fait maréchal en Autriche et réussit en 1792 à tenir les armées révolutionnaires françaises hors des Pays-Bas autrichiens.

FERRARIS : Joseph, comte de Ferraris, fit la guerre contre la Prusse, fut titulaire de l'ordre de Marie-Thérèse et devint vice-président du Conseil de guerre de la cour en 1793 et feld-maréchal en 1807. Ferraris a surtout attaché son nom à une œuvre cartographique d'envergure ; la carte qu'il a fait lever entre 1771 et 1778 est une source essentielle pour la géographie et pour l'histoire des Pays-Bas autrichiens.

MERODE-WESTERLOO : Jean Philippe Eugène comte de Mérode-Westerloo entra rapidement au service des Autrichiens après le rattachement des Pays-Bas à l'Autriche. Il fut chevalier de l'ordre de la Toison d'Or et devint feld-maréchal en 1717. Il donna son nom à son régiment : les célèbres dragons Mérode-Westerloo. Il se retira en 1727 et écrivit ses mémoires qui représentent une source de documentation intéressante pour les années de 1702 à 1732.

D'ASPRE DE HOOBRENK : le baron Constantin d'Aspre de Hoobrenk servit lors des guerres napoléoniennes, notamment dans l'état-major du prince Schwarzenberg. En 1848-1849, il prit une part active aux victoires de Vicence, Milan et Brescia.

DE TRAUX : Louis de Traux fut secrétaire du Cabinet privé de François Ier de 1804 à 1821. En 1843 il fut fait lieutenant feld-maréchal. Le général de Traux n'était pas seulement un militaire, mais également un grand numismate.

CHASTELER DE COURCELLES : Jean Gabriel, marquis de Chasteler de Courcelles, servit pendant les guerres napoléoniennes, fut fait chevalier et commandeur de l'ordre de Marie-Thérèse et devint gouverneur de Venise après 1815.

BAILLET DE LATOUR : Théodore, comte Baillet de Latour, dont le père était titulaire de l'ordre de Marie-Thérèse et général, devint ministre de la Guerre en 1848. Durant les jours troublés de la révolution, la population furieuse le pendit à une lanterne le 6 octobre. Son fils Vincent devint ministre de l'Instruction publique et sénateur.

FICQUELMONT : Charles, comte de Ficquelmont, servit comme général lors des guerres napoléoniennes, puis comme diplomate autrichien après 1815. Il représenta l'Autriche à Stockholm, Florence, Naples et Saint-Pétersbourg. Il devint ministre d'Etat et ministre de la Conférence en 1840, puis ministre des Affaires étrangères en 1848 et ministre-président du 4 avril au 4 mai 1848.

VESQUE DE PÜTTLINGEN : le conseiller de la cour, Jean Vesque de Püttlingen, né en Belgique, provenait d'une ancienne famille noble hollandaise. Il se consacra d'abord à l'administration des Pays-Bas autrichiens puis accompagna l'empereur François Ier lors de ses voyages à Paris, Venise et Milan. Il fut un temps directeur des collections de la cour, du théâtre de la cour et en 1824, de la bibliothèque de la cour.

PIRQUET : le célèbre pédiatre Clément, baron de Pirquet, provenait d'une ancienne famille patricienne liégeoise. Avant lui, son père Pierre Martin et son oncle Antoine avaient été faits chevaliers de l'ordre de Marie-Thérèse. Clément se consacra à la médecine et mit au point la théorie de l'allergie et le test de tuberculine.

Les cadeaux impériaux

par Eva B. Ottillinger

Les cadeaux offerts par les membres de la maison de Habsbourg et ceux qu'ils ont reçus — tout comme les fêtes de la cour, les tournois, les œuvres musicales, pièces de théâtre et décorations intérieures commandées pour certaines occasions — constituent un miroir aux multiples facettes qui reflète les événements historiques, qui éclaire les manifestations particulières d'une manière plus diversifiée que l'interprétation a posteriori de l'histoire de l'enchaînement des faits. Grâce aux cadeaux, on peut expliquer la portée des événements de nature représentative, politique ou festive.

C'est pourquoi nous avons l'intention de présenter le cadeau, tel une relique, d'une part, dans sa signification actuelle, comme un élément des collections publiques ou des cérémonies religieuses, comme un monument et, d'autre part, d'expliquer sa place dans le contexte historique concret de la vie et de la fonction de la maison impériale. Les exemples exposés proviennent principalement — et les raisons techniques liées à l'exposition sont loin d'y être étrangères — de l'époque de François-Joseph, ce qui nous permet, d'une manière pratiquement continue, de retracer des événements marquants au moyen des pièces exposées.

1. Les collections

Au sein des collections de la maison d'Autriche — devenues collections publiques — les cadeaux ont une valeur inestimable qui donne un caractère tout particulier à l'ensemble des collections, comme le montre le choix qui suit.

La pièce des trésors artistiques des Habsbourg que l'on connaît sans doute depuis le plus longtemps n'a pas rejoint les collections impériales directement, à la suite d'un don fait à un Habsbourg. En effet, en 1199, à une époque où les Habsbourg n'avaient pas encore de fief autrichien, le comte Albert III, de la maison de Habsbourg, a offert « l'olifant », rempli de reliques, au monastère suisse de Muri, en Argovie. Ce n'est qu'au début du XVIIIe siècle que cette maison religieuse fit cadeau de cette pièce aux collections impériales.

En septembre 1473, au début des négociations de Trèves entre l'empereur Frédéric III et le duc de Bourgogne Charles le Téméraire, celui-ci offrit en hommage à l'empereur un hanap en argent, partiellement doré et émaillé, qui avait été réalisé dans les meilleurs ateliers de la cour de Bourgogne. Il portait les armes de l'empire et, sur le couvercle, l'effigie du souverain du Saint Empire romain. L'écuyer Hugo von Werdenberg, qui accompagnait l'empereur en qualité de conseiller, reçut une pièce semblable à la même occasion. Actuellement, ce deuxième hanap fait partie lui aussi de la collection du *Kunsthistorisches Museum*. Il semble avoir été acquis pour la collection d'Ambras par l'archiduc Frédéric II au milieu du XVIe siècle alors qu'il faisait partie de la succession de la maison de Werdenberg, qui s'était éteinte (voir l'introduction historique).

En 1565, Cosme Ier de Médicis se rendit chez l'empereur à Innsbruck en vue de lui demander la main d'une archiduchesse pour son fils François. En guise de cadeau propitiatoire, il apportait quelques figurines de Giambologna, artiste de sa cour. Parmi celles-ci se trouvait le célèbre « Mercure volant » représentant un jeune homme nu, svelte, portant le pétase (chapeau ailé) et le caducée (bâton de héraut). Le personnage s'appuie sur la jambe gauche et lance la jambe droite en l'air. Cette création plastique totale exprime remarquablement l'illusion du vol et se situe tout à fait dans le style maniériste.

Après que l'archiduc Ferdinand II eut officié par procuration à l'occasion des noces de l'archiduchesse Elisabeth avec le roi de France Charles IX célébrées à Spire, le 22 octobre 1570, il reçut en remerciement du roi de France quatre objets de

Giambologna, Mercure ailé, Florence, ca 1564-1565, KHM, Samml. f. Plastik u. Kg.

grande valeur: le gobelet de saint Michel, une aiguière en onyx, le gobelet de la cour et la salière réalisée par Benvenuto Cellini pour François Ier à la cour de France, entre 1540 et 1545. Cette merveilleuse pièce d'orfèvrerie est couronnée par deux nus à la mode antique, Tellus et Neptune, symboles de la terre et de la mer, cette dernière exprimant le rapport avec le sel. On peut sans exagérer considérer cette œuvre comme l'une des plus connues, sinon la plus célèbre de la collection viennoise.

Contrairement aux deux précédents, le cadeau suivant n'a pas de caractère politique. Le Parmesan a dédié son *Autoportrait dans un miroir convexe* (1523-1524), témoin de son talent artistique, au pape Clément VII en gage de son admiration personnelle. A son tour, le souverain pontife donna l'œuvre à Pietro Arentino. Elle fut ensuite recueillie en héritage par Alessandro Vittorio. Ce dernier offrit cette pièce de valeur à l'empereur Rodolphe II, grand amateur et connaisseur d'art, qui garda ce « capriccio » dans son cabinet de curiosités.

De la même manière, le grand collectionneur qu'était Rodolphe II reçut *Salomé portant la tête de Jean-Baptiste*, de Cesare da Sestos, que le peintre et théoricien de l'art Lomazzo possédait à Prague.

En revanche, le caractère politique du geste de la ville d'Anvers à l'égard de l'archiduc plénipotentiaire Ernest est indéniable. Celui-ci reçut en 1594 des tableaux de Pierre Bruegel l'Ancien. Parmi ceux-ci se trouvent *Le retour des chasseurs*, une série de six scènes de chasse, *La journée sombre*, qui fait partie d'une série sur les saisons, et *Le retour des troupeaux*. La collection Bruegel du *Kunsthistorisches Museum* de Vienne, actuellement connue dans le monde entier, comporte, outre les œuvres précitées, des pièces achetées par l'archiduc

Benvenuto Cellini, Salière, Paris, 1540-1545, KHM, Samml. f. Plastik u. Kg.

Léopold-Guillaume ainsi que d'autres, acquises par l'empereur Rodolphe II pour son cabinet de Prague (voir l'introduction historique).

Il faut ajouter, pour être complet, que le seul tableau de Nicolas Poussin que possède le musée de Vienne, *La destruction du temple de Jérusalem par Titus* est également un cadeau provenant des collections impériales. C'est le cardinal Francesco Barbarini qui, en 1638-1639 l'avait offert à l'empereur par l'intermédiaire du prince Eggenberg, légat impérial à la cour pontificale. Cette tradition se poursuivit encore au XVIIIe siècle: en 1780, le roi d'Espagne envoya à Vienne *L'apôtre Pierre* d'Antoine-Raphaël Mengs.

Dans ce contexte, les portraits occupent une place toute particulière, étant donné qu'ils n'ont guère été conçus comme des œuvres d'art mais plutôt comme des effigies, des documents, sortes de succédanés de la photographie, encore inconnue à l'époque. Les liens familiaux entre les Habsbourg d'Autriche et les Habsbourg d'Espagne étaient confirmés et renforcés par de fréquentes unions consanguines. De nombreux portaits de maîtres espagnols entrèrent ainsi dans les collections impériales (Sanchez Coello, Pantoja de la Cruz, Bartholomé Gonzalez notamment, mais surtout Vélasquez), témoins de cette politique concertée de mariages. L'un des meilleurs exemples est la suite de portraits de l'infante d'Espagne Marguerite-Thérèse, fille de Philippe VI et de l'archiduchesse Marie-Anne, qui fut dès son enfance promise à son oncle, l'empereur Léopold, et épousa celui-ci en 1666. Plusieurs portraits de l'infante, à des âges différents, ont été offerts à Vienne.

Les armes et les armures ont elles aussi une place spéciale dans les collections impériales. D'une part, l'arme faite à la main pour une per-

Gobelet de saint Michel, KHM, Samml. f. Plastik u. Kg.

Le Parmesan, Autoportrait au miroir convexe, Rome, 1523-1524, KHM, Gemäldegalerie

sonne concrète possède une certaine aura (il suffit de se souvenir que, dans les cycles de légendes nordiques, l'épée de chaque héros porte un nom). D'autre part, les armes et équipements de tournoi étaient fabriqués pour des circonstances particulières et faisaient souvent l'objet de cadeaux.

Arrière-petit-fils de l'empereur Maximilien Ier, «le dernier chevalier», l'archiduc Ferdinand d'Autriche, mit ses intérêts de collectionneur et d'humaniste au service de la création, au château d'Ambras, non seulement d'un «cabinet d'art et de curiosités» mais surtout d'une «société honorable». Ce musée à la gloire de personnages célèbres de son époque ainsi que d'ancêtres exemplaires et vertueux devait non seulement contenir leur portrait mais aussi évoquer leur présence de manière tridimensionnelle, par leurs armures. L'archiduc se vit offrir de nombreuses pièces car les gens considéraient comme un honneur insigne le fait d'être représenté dans ce musée et répondaient favorablement à ses demandes. Par exemple, le comte du Palatinat donna l'équipement de Frédéric le Querelleur, la pièce la plus ancienne de la collection d'armes de Vienne. Quant à Philippe II, alors que Ferdinand lui avait demandé l'armure de Charles Quint, il accéda à sa demande et joignit sa propre armure à l'envoi.

Illustrons par quelques exemples les multiples occasions pour lesquelles des armes furent fabriquées et offertes.

En 1541, en vue de l'expédition contre Khaïr el-Din Barberousse en Alger, l'archiduc Ferdinand commanda à l'intention de son frère l'empereur Charles Quint deux pièces d'apparat extrêmement précieuses et très décorées. Connues sous le nom de rondache de la Méduse et de casque au lion, elles sont dues à Filippo Negroli, de Milan. Ces objets sont censés exprimer par la forme et l'iconographie de la décoration plastique la puissance de l'empereur. C'est ainsi que la tête de

P. Bruegel l'Ancien
Le retour des chasseurs,
KHM, Gemäldegalerie

lion rappelle le lion néméen vaincu par Hercule, lequel renvoie lui-même aux colonnes d'Hercule qui correspondent bien à la devise de Charles Quint « plus ultra ». Quant au bouclier de la Méduse, il associe l'empereur au vainqueur de la Gorgone Méduse, Persée, qui, dans l'équipement d'un héros antique, se voit attribuer la souveraineté du monde.

A l'occasion des noces de l'archiduc Albert VII et d'Isabelle Claire Eugénie, le 18 avril 1599 (la même année, le frère d'Isabelle, Philippe III d'Espagne, épousait l'archiduchesse Marguerite et devenait chevalier de la Toison d'Or), la ville d'Anvers offrit à Albert une armure qui fut commandée à la fabrique d'armes Plattner I.O. de Milan. Elle porte le décor typique de ces ateliers, à savoir un enchaînement de médaillons ovales et rhombiques, interrompu par les initiales de la mariée, I.S. (Isabelle d'Espagne). Une partie de l'armure se trouvait dans les collections impériales et l'autre appartenait à une collection privée. En 1922, l'œuvre fut transférée à Bruxelles.

A la suite d'une circonstance familiale, la naissance en 1628 de Charles-Ferdinand, fils de l'archiduc Léopold V et de son épouse Claudia de Médicis, la soeur de l'archiduc, la grande-duchesse Marie-Madeleine de Toscane, offrit en guise de cadeau de baptême une armure d'enfant provenant de l'arsenal de Florence. Ce présent témoigne des espérances guerrières que l'on misait sur le nouveau-né.

Epouse du roi de France Louis XVI, l'archiduchesse Marie- Antoinette offrit à sa mère, l'impératrice Marie-Thérèse, un fusil de dame fabriqué par Pierre de Sainte à Versailles en 1770-1780. Mais l'habitude de donner des armes se poursuivit au XIXe siècle. En 1839, l'empereur Ferdinand reçut du shah Mohamed Mirza un sabre d'apparat fabriqué vers 1700 pour le shah Hussein Persin. En 1857, le bey de Tunis donna à l'empereur François-Joseph un harnais oriental.

Mais les « cadeaux » ont laissé des traces dans d'autres domaines des anciennes collections impériales, actuellement publiques, notamment dans l'ancienne bibliothèque de la cour, devenue Bibliothèque Nationale ou dans les riches réserves du musée ethnographique de Vienne qui reflètent non seulement les contacts européens de l'empire habsbourgeois mais

Filippo Negroli
Bouclier de la Méduse de Charles V, Milan, 1541, KHM, Waffensammlung

Vélasquez,
L'infante Marguerite-Thérèse à la robe bleue, ca 1659, KHM, Gemäldegalerie

aussi ses relations internationales. Nous pensons ici aux liens étroits formés avec la Perse, alliée de l'Autriche contre l'empire ottoman, ainsi qu'aux rapports naturellement cordiaux avec l'Ethiopie, état chrétien dans le monde musulman.

Le continent américain occupe lui aussi une place de choix : il avait été découvert et conquis par l'Espagne, donc par un pays habsbourgeois et, au XIXe siècle, c'est encore à un Habsbourg, Maximilien, frère de l'empereur François-Joseph Ier, que l'on proposa de devenir empereur du Mexique.

Ces relations se sont concrétisées par des cadeaux en provenance des pays non européens : une collection d'instruments de musique indiens offerte à François-Joseph en échange d'ordres autrichiens par Saum Rajah Sir Sourinda Mohum Tagore ; des bronzes javanais, toujours offerts à François-Joseph, par le peintre javanais Radem Salek ; des vêtements de prince coréen, vraisemblablement envoyés à l'empereur pour l'exposition universelle de Vienne en 1873.

D'une manière tout à fait générale, les contacts missionnaires, l'intense activité de recherche (surtout lors des expéditions autrichiennes en Afrique au XIXe siècle) et les relations commerciales avec l'Extrême-Orient se sont évidemment traduits par des cadeaux tels que la soie, la porcelaine et le thé.

2. La religion

La religion catholique a une signification toute particulière pour la maison de Habsbourg, qui règne sur le Saint Empire romain de la nation germanique. Mais ici, les Habsbourg sont les donateurs et non les bénéficiaires. Leur relation très étroite avec le catholicisme — l'empereur François-Joseph portait encore le titre de Majesté Apostolique — trouva son expression adéquate dans les manifestations significatives de la politique religieuse et les donations somptueuses.

Le règne de Léopold III de Babenberg, dit le Pieux, représente l'apogée politique et politico-religieuse de cette attitude, que nous étudierons plus en détail.

Le margrave Léopold III de Babenberg, enterré le 15 novembre 1136, était le fondateur légendaire de l'abbaye de Klosterneuburg. Il avait fait construire le bâtiment à l'endroit où, des années auparavant, on avait retrouvé intact le voile de mariée que le vent avait arraché à son épouse Agnès, fille de l'empereur Henri IV. Léopold avait suscité un élan de piété populaire et des miracles étaient censés se produire près de sa tombe. Ce n'est qu'au milieu du XIVe siècle que sa canonisation fut demandée sous les premiers Habsbourg qui, après l'extinction de la branche mâle des Babenberg avec Frédéric le Querelleur (mort en 1246), avaient repris les territoires autrichiens de cette famille. C'est à peu près au moment où Rodolphe le fondateur, par la falsification du « Privilegium Majus », provoquée par la réglementation de l'élection impériale dans la Bulle d'Or de Charles IV (1358), chercha à établir la souveraineté habsbourgeoise en prenant le titre d'archiduc. Ce Babenberg désira d'autant plus que ses successeurs obtiennent la conversion du titre de margrave en celui de duc en raison d'une politique de prudence et de fidélité à l'empereur. La canonisation n'eut lieu qu'en 1485. Le 15 février 1506, l'empereur Maximilien Ier assista à la translation du corps à Klosterneuburg et fit don à l'abbaye d'un sarcophage d'argent destiné au saint, commandé dès 1495 et portant la barrette archiducale.

Environ un siècle plus tard, l'archiduc Maximilien III souhaita disposer d'un insigne distinctif de souveraineté pour l'Autriche, par analogie avec les couronnes sacrées de Hongrie et de Bohême. Il choisit la barrette archiducale, la « Corona seu Diadema » et l'offrit en 1616 à l'abbaye de Klosterneuburg, le sanctuaire de Léopold, avec un reliquaire en argent du saint. La donation de la barrette archiducale, depuis lors conservée à l'abbaye, marquait, au sens politique, sa volonté d'être légitimé et constituait sa participation aux cérémonies d'hommage héréditaire.

A l'inverse, l'abbaye a également fait aux archiducs des cadeaux en rapport avec saint Léopold. En 1585, le prieur donna une relique à l'archiduc Ernest, gouverneur de Basse-Autriche, et à sa sœur Elisabeth, veuve du roi de France. Ce don de l'os droit du bassin survenait un siècle après la canonisation de Léopold III. Elisabeth fit réaliser un reliquaire et, à sa mort, cette pièce alla au « couvent des reines », Dorotheergasse, à Vienne puis, après la suppression de cette institution par Joseph II, elle passa à la paroisse Saint-Léopold de Vienne. Ce don montre également très bien que la vénération des reliques a pris un nouvel essor pendant la Contre-Réforme, fortement appuyée par les Habsbourg.

Si ces derniers se sont intéressés à la figure de Léopold III de Babenberg, c'est pour sa fidélité inébranlable au pape et à l'empereur, ses succès militaires, sa piété, sa clémence et sa justice. Il était le personnage tout désigné pour être le « Pater Patriae ». D'autre part, la continuité de la souveraineté entre les Babenberg et les Habsbourg était exprimée et légitimée par la vénération du saint, devenu dans l'iconographie le symbole de la vieille Autriche (il porte en effet les armes aux cinq aigles, l'écu à fasce et la barrette archiducale). Depuis Rodolphe Ier, les souverains habsbourgeois se présentent comme les « filii Sancti Leopoldi ». L'empereur Léopold Ier éleva son saint patron — le Habsbourgeois portait en effet un prénom de la famille Babenberg — au rang de patron de son pays. Le 15 novembre, jour anniversaire de la mort du saint, il instaura un pèlerinage à Klosterneuburg. Les sujets de l'empereur Léopold en vinrent ainsi à former une communauté spirituelle qui vénérait saint Léopold, dont le culte se répandit dans tout l'empire, jusqu'à Bruxelles, où l'archiduc Léopold-Guillaume fit conserver une relique à Saint-Maurice.

Dans ces conditions, on comprendra que l'empereur Charles VI, après la perte définitive de l'Espagne, ait voulu établir en Autriche un monastère résidentiel à l'exemple de l'Escurial pour exprimer ses prétentions indéfectibles à la souveraineté mondiale. Il choisit à cet effet l'endroit où Léopold avait vécu et où il était vénéré. Mais ce projet ambitieux ne fut pas terminé de son vivant. Seule fut construite la partie surmontée de la couronne archiducale mais

Reliquaire de Léopold, Georg Nicolai, 1760, in: Marquard Herrgott, Pinacotheca principium Austriae, Klosterneuburg, Stijtsbibliothek

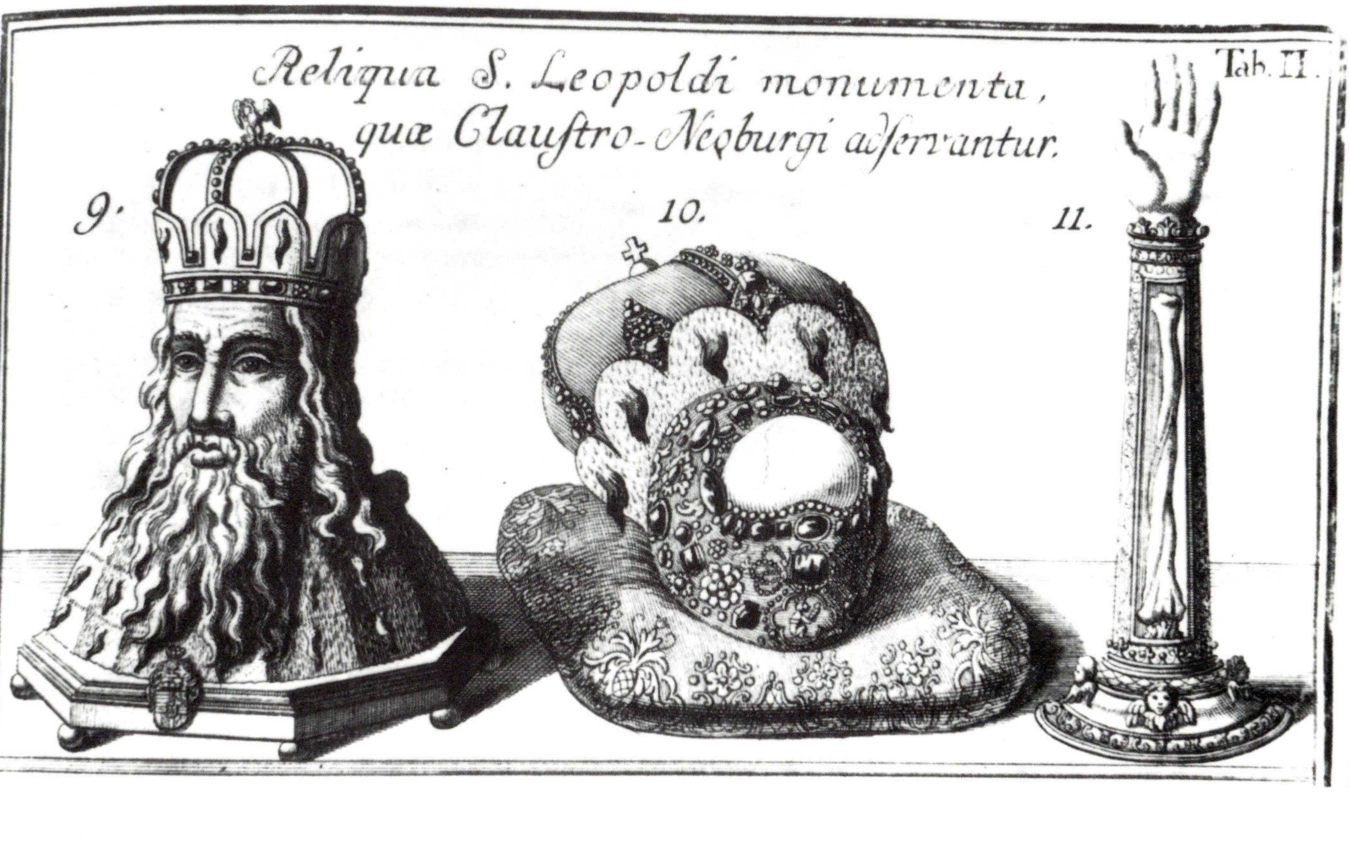

toutes les couronnes de l'empire auraient dû être reprises dans l'ornementation des coupoles.

Le pèlerinage marial de Mariazell est un autre point de cristallisation de la piété autrichienne essentiel pour les Habsbourg. Il s'apparente en cela au culte de Léopold et aux donations faites à l'abbaye de Klosterneuburg, mais nous ne y arrêterons pas en détail. La madone de Mariazell était la patronne, la mère céleste de la dynastie des Habsbourg. C'est surtout pendant la Contre-Réforme que ce lieu sacré est devenu le centre et le symbole de la restauration catholique. Mais plus tard,lors des guerres contre les Turcs, la madone, dont les étendards militaires reproduisaient l'image miraculeuse, a pris le rôle de protectrice de la chrétienté. Les nombreux dons faits par les Habsbourg soulignent l'importance de Mariazell et de la statue miraculeuse.

Par exemple, l'empereur Charles offrit au monastère de Mariazell le groupe de la crucifixion qui orne le maître-autel. Le modèle en est dû à L. Mattielli (1714). L'orfèvre viennois J. Kanischbauer l'exécuta en argent jusqu'en 1720 et l'œuvre fut finalement installée en 1722. Cette tradition se perpétua au XIXe siècle par le don de deux séries d'ornements sacerdotaux dans les années 1850. En 1855, la veuve de l'empereur François Ier (II), Caroline-Augustine, offrit à Mariazell une chasuble , une étole, un manipule, un voile de calice et une bourse en fils d'or et d'argent ainsi que deux broderies de soie aux motifs floraux. En 1858, après la naissance de l'héritier du trône, Rodolphe, l'impératrice Elisabeth, épouse de François-Joseph Ier, envoya à Mariazell un ensemble d'ornements garnis de perles.

La cathédrale Saint-Etienne de Vienne reçut elle aussi, en de nombreuses occasions, de précieux présents de la part des Habsbourg. On notera ici l'importance particulière de l'archiduc habsbourgeois Rodolphe IV le fondateur, gendre de l'empereur Charles IV dont nous avons déjà mentionné les efforts pour associer le titre d'archiduc d'Autriche à la figure de saint Léopold. Il doit son surnom à la fondation de l'université de Vienne, l'*Alma Mater Rudolphina*, et surtout à celle de Saint-Etienne, dont il voulait faire la cathédrale d'un diocèse à part entière. Il ne fit pas seulement agrandir l'édifice gothique mais il donna également des reliques au trésor de la cathédrale, de même qu'un coffret d'ivoire, repris dans l'inventaire de l'époque sous l'appellation «parva truncula eburnea», actuellement au musée diocésain de Vienne, et deux flacons de verre syriens, qui, d'après la tradition, contenaient du sable de Bethléem rougi par le sang des saints innocents. C'est de Rodolphe IV que vient un morceau de la croix du Christ, donné à Saint-Etienne en 1357 et placé en 1514 dans le reliquaire d'argent incrusté d'émaux que nous connaissons aujourd'hui.

Citons également les magnifiques ornements offerts par l'impératrice Eléonore en 1697 à l'occasion du transfert de la statue miraculeuse de Maria Pötsch dans la cathédrale. La chasuble représente le Christ en bon pasteur. Deux chapes portent respectivement l'effigie de saint Etienne, patron de l'église, et de saint Léopold, patron du pays. Mais les événements politiques ou liturgiques ne sont pas les seuls à l'occasion desquels les Habsbourg ont fait des cadeaux. Les fêtes familiales, qui s'accompagnaient de cérémonies religieuses, comme les mariages et les baptêmes, ont elles aussi été l'occasion de superbes donations. C'est ainsi qu'en 1777, la robe de mariée de Marie-Thérèse fut transformée en ornements destinés à la cathédrale de Sankt Pölten. Quant à la robe portée par Marie-Louise de Bourbon pour son mariage avec le futur Léopold II, fils de Marie-Thérèse, à Innsbruck en 1765, elle fut transformée en ornements sacerdotaux qui allèrent à l'église de la cour. François-Etienne de Lorraine, l'époux de Marie-Thérèse, mourut lors des festivités et, avec la dernière robe de chambre du défunt, l'impératrice fit confectionner une chasuble pour l'église Saint-Jacques d'Innsbruck.

Les grandes étapes et mesures

politiques aussi bien que des fêtes purement privées donnèrent chaque fois aux Habsbourg l'occasion d'exprimer par des dons imposants leurs relations privilégiées avec la foi catholique.

3. Un exemple : François-Joseph

Le règne de l'empereur François-Joseph Ier illustre bien la fonction et la signification du cadeau dans la vie d'un souverain.

Après la répression sanglante de la révolution à Vienne, en 1848, François-Joseph monta sur le trône impérial à l'âge de 18 ans. A cette occasion, il reçut de son frère, l'archiduc François-Charles, un grand vase de verre rubis, qui fut ensuite offert à la ville de Vienne.

A la même occasion, l'ébéniste viennois Franz Gröger réalisa une armoire monumentale en ébène dont les incrustations en pierres semi-précieuses figurent un arbre généalogique simplifié de la maison de Habsbourg ainsi que les saints patrons des pays dépendant de la couronne. Cette pièce dédiée à l'empereur se trouve actuellement au musée d'histoire de la ville de Vienne. Deux ans après avoir été exécuté, ce meuble fut présenté à l'exposition de Londres, où il obtint la médaille de bronze.

L'ébénisterie viennoise fut représentée avec succès à la première exposition universelle (Londres, 1851) par la firme Carl Leister et fils, dont les travaux rococo seconde manière réalisés au palais Liechtenstein, devaient connaître une réputation internatio-

Carl Leistler, Bibliothèque, Vienne, 1851, in: Weltausstellungskatalog, Londres, 1851

nale. A part de nombreux meubles de salon, Leister exposa une bibliothèque néo-gothique richement sculptée de cinq mètres de long sur trois mètres de haut. François-Joseph offrit cette pièce monumentale à la reine Victoria et elle fut utilisée par le mari de cette dernière, le prince Albert. Actuellement, cette bibliothèque se trouve à Londres, au musée Albert et Victoria. En retour, François-Joseph reçut de Victoria un service de la firme anglaise Minton, qui avait également été présenté à l'exposition universelle et qui est conservé dans la collection d'argenterie de la Hofburg de Vienne.

La porcelaine était un cadeau courant dans les maisons régnantes. L'une des raisons en était la fierté que suscitaient les manufactures nationales. D'autre part, l'Europe n'a fabriqué de la porcelaine qu'à partir du XVIIIe siècle et «l'or blanc» était considéré comme une matière extrêmement précieuse. Les deux services de Sèvres qui arrivèrent à Vienne au XVIIIe siècle reflètent l'état des relations entre l'Autriche et la France. Au moment où Kaunitz, le chancelier de Marie-Thérèse, reprit contact avec la France pour conclure une alliance contre la Prusse, Paris expédia à Vienne, en 1756, «le service à rubans verts». Lors de sa visite à Paris en 1777, Joseph II, (il était alors corégent de sa mère) reçut le «service à épis». Au XIXe siècle, François-Joseph donna à l'empereur Guillaume d'Allemagne un grand vase de porcelaine.

Au sens strict, l'exemple suivant n'est pas un cadeau offert ou reçu par François-Joseph mais plutôt un don national. Il s'agit de l'église votive construite à l'initiative de l'archiduc Ferdinand-Maximilien sur le site du bastion des Augustins pour commémorer l'échec de l'attentat perpétré par le compagnon tailleur Janos Libényi contre le jeune empereur le 18 février 1853. Un an plus tard, un concours d'architecture fut lancé à cet effet. Louis Ier, roi de Bavière, faisait partie du jury. Le premier prix alla au projet conçu dans le style des cathédrales gothiques françaises et dû à un architecte de moins de trente ans, Heinrich von Ferstel. Cet édifice devint l'église de la garnison et de l'université. Il se trouve sur le boulevard de ceinture de Vienne, près des bâtiments universitaires également conçus par von Ferstel, et bien des aspects de son programme architectural montrent qu'il s'agit d'un monument national.

En 1854, François-Joseph épousa Elisabeth, une princesse bavaroise. Suivant la tradition habsbourgeoise, il avait reçu, outre l'éducation due à son rang, une formation artisanale, en l'espèce l'ébénisterie. C'est pourquoi la corporation des ébénistes viennois offrit au jeune couple un magnifique mobilier de chambre à coucher qui se trouve aujourd'hui au château de Schönbrunn.

En 1858, à la naissance de l'héritier du trône, Rodolphe, la ville de Vienne offrit au couple impérial un berceau du maître ébéniste Franz Matthias Podany, réalisé en acajou, décoré d'une marqueterie multicolore et de splendides appliques de bronze.

Quant à Victor Emmanuel, roi d'Italie, il envoya un landau au jeune Rodolphe.

Aucune occasion officielle n'est à l'origine du cadeau suivant. Le sculpteur sur bois Johann Rint qui, à l'instigation de l'écrivain Adalbert Stifter avait exécuté les travaux de restauration du retable de style gothique tardif de l'église de Kefermarkt, offrit à François-Joseph, en 1864, un vase de hêtre mesurant plus d'un demi-mètre de haut. Le corps du vase représente des scènes de l'histoire impériale, comme le couronnement de Charlemagne et le couvercle rappelle la couronne de l'empire allemand. Ceci explique pourquoi cet objet est appelé «coupe impériale». En 1865, Rint reçut le titre de sculpteur de la cour impériale et royale.

Lorsqu'en 1864, sur les conseils de deux historiens de l'art, Rudolf von Eitelberger et Jakob von Falke, on fonda à Vienne le musée des arts et métiers sur le modèle des musées de South Kensington à Londres, en vue de favoriser l'artisanat autrichien, François-Joseph nomma son cousin, l'archiduc René, au poste de conservateur. Ce dernier fit à plusieurs reprises des dons au musée qui lui avait été confié. Parmi ceux-ci se trouve une assiette en bronze doré et émaillé, dessinée et exécutée par J. J. Zapf, avec une ornementation grotesque dans le style du XVIe siècle, que l'archiduc avait acquise à l'exposition universelle de Vienne en 1873. En 1889, pour le 25e anniversaire de la maison, le conservateur offrit un vase d'argent finement travaillé et ciselé, dessiné et réalisé par St. Schwarz. Cette œuvre de style baroque ancien présente les allégories de Vénus et de la Victoire et porte dans des cartouches les millésimes 1864 et 1889.

Etant donné ses relations étroites avec l'artisanat viennois, l'archiduc René reçut de la ville de Vienne, pour ses noces d'argent avec l'archiduchesse Marie-Caroline, le 21 novembre 1902, un retable conçu par Beyer, professeur à l'Ecole des arts et métiers. Il porte l'inscription R & M, 1852-1902 et a été exécuté par l'ébénisterie Michel. Il a fait l'objet d'une publication dans « Kunst- und Kunsthandwerk », la revue de l'institution, qui était pour ainsi dire le musée de l'archiduc.

En 1879, le couple impérial fêta ses noces d'argent. Parmi les différents cadeaux envoyés à Vienne à cette occasion, il en est un de la communauté juive de Jérusalem. Sur le conseil du consul, il fut décidé d'offrir au couple un service à café de 38 pièces en roche noire, dite « pierre de Moïse ». Le sucrier de 30 cm en forme de vase porte la dédicace tandis que le plateau indique la date du jubilé dans la chronologie juive, à savoir 5639.

A la même occasion, la ville de Vienne offrit aux jubilaires un cadeau tout différent : le cortège de Makart, organisé sur le boulevard de ceinture de Vienne en 1879. Sous la direction générale des maîtres peintres de Vienne et avec la collaboration des artistes de la ville, les festivités des noces d'argent furent inaugurées par un cortège splendide. D'une part, on dressa des tribunes et des pavillons ainsi qu'une tente pour le couple impérial, qui fut aménagée par le jeune Otto Wagner. D'autre part, les voitures du cortège étaient magnifiquement décorées et les participants portaient des habits somptueux. Le cortège présentait des allégories de la Science, de l'Art, de l'Agriculture, du Commerce, de l'Industrie Minière, etc., dans le style de la Renaissance allemande, qui était considéré à l'époque comme l'apogée de la culture germanique.

Pour des raisons de clarté, il convient d'indiquer ici que ce type de cortège fastueux en hommage à un souverain était fréquent et faisait partie d'une très longue tradition, dont on trouve des exemples dans l'Antiquité. Dans ce contexte, on notera d'autres

Johann Rint,
Coupe impériale, 1864,
KHM, Samml. f. Plastik u. Kg.

exemples significatifs de décorations festives. En 1690, lors de l'entrée à Vienne de Joseph Ier, qui venait d'être couronné, et de son père l'empereur Léopold Ier, les magistrats et les commerçants étrangers qui s'étaient établis dans la ville firent réaliser par Fischer von Erlach deux arcs de triomphe allégoriques en matériaux périssables. Pour les noces de Joseph Ier et de Wilhelmine-Amélie de Brunswick-Lunébourg en 1699, Fischer von Erlach exécuta également l'arc de triomphe de la communauté étrangère. Outre ces édifices tout à fait éphémères, qu'il fallait monter à chaque nouvelle occasion, on trouve aussi des mémoriaux durables, fixés dans la statuaire. C'est le cas de la fontaine des noces élevée sur la grand-place de Vienne à la suite d'un vœu de l'empereur Léopold Ier pour commémorer le retour de son fils Joseph Ier, victorieux et sain et sauf, de la guerre contre les Turcs. De 1729 à 1732, la structure en bois, qui était pourrie, fut refaite en pierre par le jeune Fischer von Erlach. Deux constructions furent directement réalisées en pierre. Il s'agit de l'œuvre d'Isidor Canevale dans la localité hongroise de Vac (1765) et du portail triomphal d'Innsbruck, dû à Baltasar Moll et à l'architecte salzbourgeois Hagenauer. Ajoutons à titre indicatif que le souverain a lui aussi fait des cadeaux au peuple, même s'ils ne sont pas directement tangibles. C'est ainsi que Joseph II, a légué à son peuple l'usage du Prater, son ancien jardin d'agrément au bord du Danube, à Vienne. En principe, il faut donc considérer de tels privilèges comme des « cadeaux impériaux ».

Pour les noces de l'héritier du trône, Rodolphe, et de Stéphanie de Belgique, le 10 mai 1881, les commerçants de Vienne offrirent au couple une armoire de plus de deux mètres cinquante de haut, dessinée par le directeur de l'Ecole des arts et métiers de la capitale, le chevalier Josef von Storck, décorée de trois peintures à

Bijou hongrois en opale, Frères Egger, Budapest, 1881, KHM, Schatzkammer

l'huile de Hans Canon et de sculptures de Johann Schinders. L'ornementation en argent, et partiellement en or représente les armes des jeunes mariés, c'est-à-dire celles des maisons de Habsbourg-Lorraine et Brabant, et de Saxe-Cobourg et Gotha. Ce meuble d'apparat devait prouver les hautes qualités techniques des arts et métiers viennois. A la même occasion, la chambre du commerce et de l'industrie autrichienne donna à Rodolphe deux grands vases de cristal de style Renaissance réalisés pour l'exposition de Paris en 1878. La ville de Budapest offrit à l'archiduchesse Stéphanie une parure d'opale, de rubis et de brillants comportant une ceinture, un collier, deux pendants d'oreille, deux broches, dix pinces et cinq épingles à cheveux. Les pièces les plus précieuses sont empruntées aux formes stylistiques de l'époque 1600, qui avaient marqué l'apogée des ateliers royaux de Prague sous l'empereur Rodolphe II.

En 1886, François-Joseph fit un cadeau de nature entièrement privée à son épouse : la villa Hermes dans le jardin zoologique de Lainz à Vienne. Cette construction dessinée par Carl von Hasenauer et partiellement décorée par Hans Makart devait servir de lieu de retraite strictement privé, indépendant du protocole de la cour, à une impératrice qui n'aimait guère les manifestations publiques. La villa avait ainsi une fonction similaire à celle du pavillon de chasse de Gödöllö, près de Budapest, offert à l'empereur en 1867 par la nation hongroise à l'occasion de son couronnement comme roi de Hongrie et qu'il laissait en fait à son épouse.

Les cadeaux privés offerts au sein de la famille ou à des amis et personnalités sont particulièrement variés. L'empereur Charles VI offrit au commandant en chef vainqueur des Turcs, le prince Eugène, outre des distinctions honorifiques et des domaines, une canne d'ivoire incrustée d'or. En 1773, l'archiduc Ferdinand, gouver-

Bijou hongrois en opale, Frères Egger, Budapest, 1881, KHM, Schatzkammer

neur de Milan, envoya à l'impératrice Marie-Thérèse, un splendide bureau, qu'elle trouva trop beau pour elle, étant donné qu'elle encourageait plutôt la musique que l'artisanat. La tradition veut que l'impératrice elle-même, lors d'une visite du couvent des Salésiennes, avait prévu un petit cadeau pour toutes les élèves de la haute noblesse. Se rendant compte qu'il lui en manquait un et voyant la dernière fillette fondre en larmes, Marie-Thérèse lui donna sa montre.

François-Joseph, qu'en termes familiers on pourrait appeler un empereur au long cours, participa à de nombreuses cérémonies commémoratives. En 1898, pour ses cinquante ans de règne, l'académie des beaux-arts remit à l'empereur une adresse mise en forme par le professeur d'architecture de cette institution, le célèbre architecte viennois Otto Wagner. Une exposition fut également organisée au Prater pour le jubilé impérial. Disons en passant que l'affiche qui annonçait cette manifestation fut violemment critiquée par le *Neues Wiener Tagblatt* mais que le jeune architecte Adolf Loos, alors journaliste, prit sa défense. Alors qu'en 1879, le cortège des noces d'argent avait été organisé par le peintre Makart, on voit apparaître maintenant des noms liés à la percée du modernisme viennois, qui semble avoir dérouté l'empereur lui-même.

En 1908, pour ses soixante ans de règne, François-Joseph reçut des mains du ministre du Commerce un album de timbres du jubilé réalisé par Koloman Moser et exécuté dans les ateliers viennois. La ville de Vienne remit au souverain une cassette en Jugendstil et Berthold Löffler dessina l'afiche annonçant les cérémonies. Point culminant de l'art et de l'artisanat viennois modernes, l'excellente exposition du soixantième anniversaire fut mise sur pied par Joseph Hoffmann, qui s'occupait alors aussi du palais Stoclet à Bruxelles. Cette exposition réunissait l'architecture, les arts plastiques et surtout les arts décoratifs, concept actuel s'il en est, encore que l'on oublie qu'ils ont acquis leurs lettres de noblesse à l'occasion d'un hommage à François-Joseph. Celui-ci n'atteignit pas le soixante-dixième anniversaire de son règne et, en 1918, l'empire des Habsbourg n'était plus qu'un souvenir.

Cet aperçu, évidemment incomplet, est censé démontrer la multiplicité des occasions et définir l'objet des «cadeaux impériaux». Ceux-ci allaient de la simple courtoisie, au sens premier du terme, à la manifestation politique, de l'hommage à l'expression d'une bienveillance et d'une estime de nature purement privée.

Nous avons également voulu insister sur la diversité des présents, qui pouvaient aller du vase décoratif au cortège, de la relique au privilège impérial.

Enfin, de nombreux cadeaux furent accessibles au public, ce qui montre l'actualité du sujet. Nous pensons à des pièces de collection célèbres comme la salière de Cellini ou l'autoportrait du Parmesan, à des monuments élevés dans des espaces publics, comme l'église votive ou les arcs de triomphe, à des objets proposés à la vénération des fidèles comme le retable de Mariazell et la barrette archiducale de l'abbaye de Klosterneuburg.

Bibliographie sélective

100 Jahre Österreichisches Museum für angewandte Kunst, catalogue d'exposition, Vienne, 1964.

Kunsthistorisches Museum, Wien, Katalog der Sammlung für Plastik und Kunstgewerbe, tomes 1 et 2, Vienne, 1964.

Kunsthistorisches Museum, Wien, Verzeichnis der Gemälde, Vienne, 1973.

Erzbischöfliches Dom- und Diözesanmuseum, catalogue, Vienne, 1973.

Curiositäten und Inventionen, Kunsthistorisches Museum Wien, Waffensammlung, catalogue d'exposition, Vienne, 1978.

Maria Theresia und ihre Zeit, catalogue d'exposition, Vienne, 1980.

Das Zeitalter Josef II, catalogue d'exposition, abbaye de Melk, 1980.

F. Matsche, *Die Kunst im Dienste der Staatsidee Kaiser Karl VI*, Berlin, 1981.

M. Leithe Jasper et R. Distelberger, *Schatzkammer und Sammlung für Plastik und Kunstgewerbe*, Londres-Munich, 1982.

Das Zeitalter Kaiser Franz Josephs, catalogue d'exposition, Grafenegg, 1984 et 1987.

Der Heilige Leopold, catalogue d'exposition, Vienne, 1985.

Traum und Wirklichkeit, catalogue d'exposition, Vienne, 1985.

Der Zauber der Medusa, catalogue d'exposition, Vienne, 1987.

Arbre généalogique des membres de la Maison de Habsbourg ayant régné en Autriche

Entre parenthèses, les dates de naissance et de décès, à côté les dates du règne; les noms des empereurs et des rois sont en caractères gras.

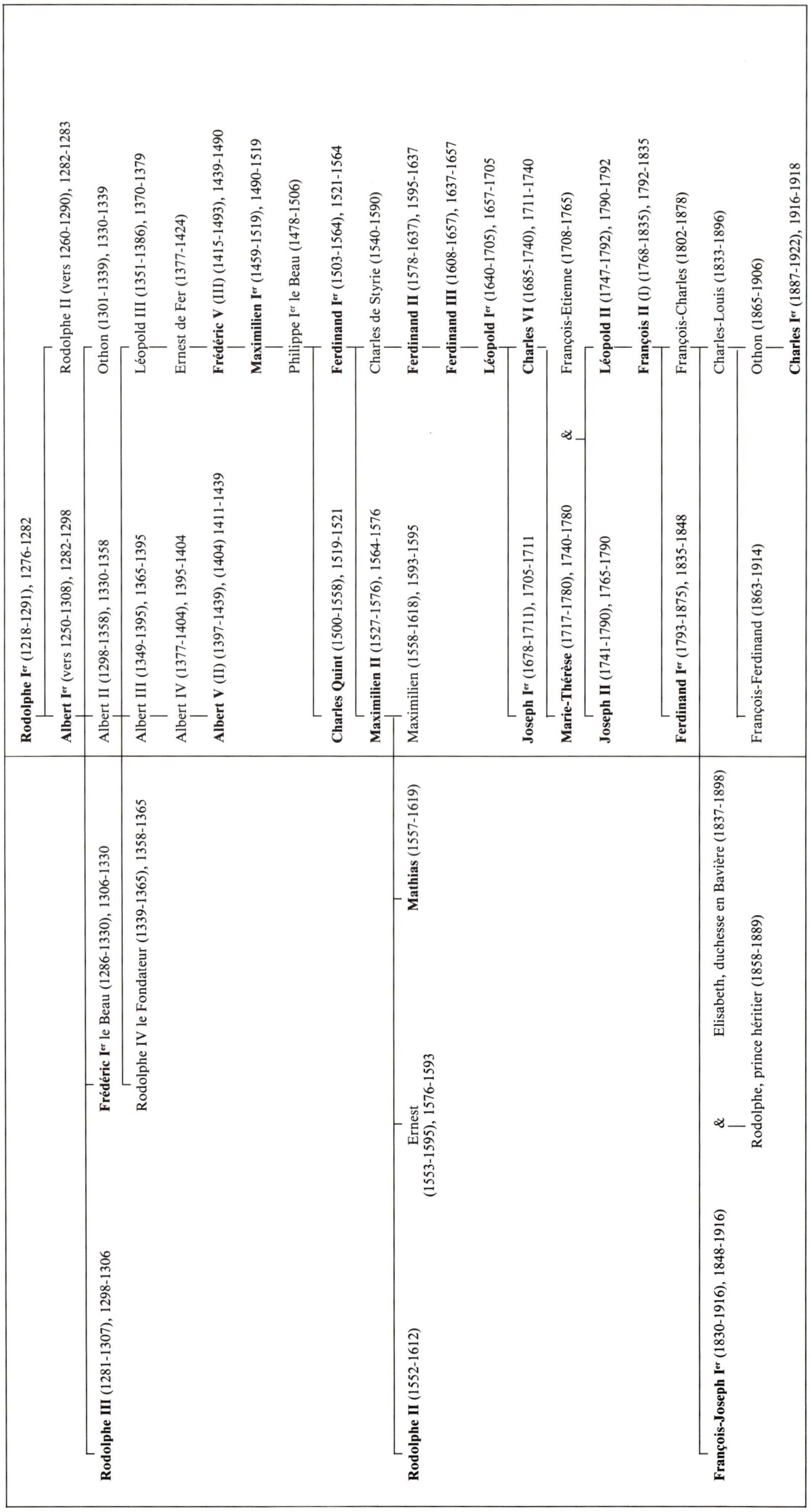

Catalogue

1
Salière

Benvenuto Cellini
Argent 925/000
Socle: 18 x 20 cm, H.: 21 cm

Après que l'archiduc Ferdinand II eut officié par procuration à l'occasion des noces de l'archiduchesse Elisabeth avec le roi de France Charles IX, célébrées à Spire, le 22 octobre 1570, il reçut en remerciement du roi de France quatre objets de grande valeur: le gobelet de saint Michel, une aiguière en onyx, le gobelet de la cour de Bourgogne de Philippe le Bon et la salière de Benvenuto Cellini. La salière fut réalisée en or par Cellini entre 1540 et 1545 pour le roi de France François Ier. Elle est surmontée de deux nus à la mode antique, Neptune et Tellus, allégories de la mer et de la terre, dont les dons respectifs, le sel et le poivre, sont présentés l'un dans une barque, l'autre dans un temple. Ces deux figures sont entourées d'animaux, de plantes et d'hippocampes. Le pourtour du socle d'ébène représente les quatre saisons. Cette œuvre du sculpteur et orfèvre Benvenuto Cellini, originaire des Pays-Bas, qui a travaillé en Italie à la cour des Médicis, est l'un des exemples les plus remarquables du style maniériste et constitue l'une des pièces maîtresses des collections impériales qui se trouvent au Kunsthistorisches Museum de Vienne, Sammlung für Plastik und Kunstgewerbe.

L'objet exposé est une copie miniature en argent, due à la maison Jarosinski et Vaugoin (Vienne) et offerte à la reine Elisabeth II à l'occasion de sa visite officielle.

Collection privée Jarosinski et Vaugoin, Vienne.

Bibliographie:
Das Kunsthistorisches Museum, *Slbg, Vienne, 1978, p. 162; J. Pope- Hennessy,* Cellini, *Londres, 1985, p. 101-132.*

2
Coupe à couvercle

Argent doré
H.: 46 cm
Allemagne du Sud, vers 1580
Inv. N° 6854

A l'occasion de ses noces avec Anne-Catherine de Gonzague-Mantoue en 1582, l'archiduc Ferdinand reçut une coupe à couvercle de la part des territoires tyroliens.

Cette coupe d'argent doré aurait été réalisée dans le sud de l'Allemagne. Le couvercle bombé est surmonté d'une figure féminine portant les armoiries de l'archiduc Ferdinand II et de sa deuxième épouse, Anne-Catherine de Gonzague.

Kunsthistorisches Museum, Sammlung für Plastik und Kunstgewerbe, Vienne; Schloss Ambras, Innsbruck.

3
Barrette archiducale

Métal et velours
∅ 29 cm, H.: 29 cm
Inv. N° V 1136

Le 15 novembre 1616, l'archiduc Maximilien III offrit à l'abbaye de Klosterneuburg la barrette archiducale ainsi qu'un reliquaire en argent de saint Léopold car il voulait que les Etats autrichiens aient une couronne impériale pour les cérémonies du couronnement à l'instar des couronnes sacrées de Hongrie et de Bohême. Cette couronne ouverte à douze grandes pointes n'est pas une reproduction de la barrette archiducale historique offerte en 1616 par l'archiduc Maximilien III à l'abbaye de Klosterneuburg (où elle est conservée) mais une copie de celle que Joseph II commanda vers 1760 pour tenter de reconstituer la barrette originale de Rodolphe IV. Son aspect est attesté par un tableau conservé au Trésor de Vienne. Quant à l'insigne utilisé réellement par Joseph II pour son couronnement comme empereur des Romains (Francfort 1764), seule en subsiste la carcasse.

Objet exposé: Barrette funéraire utilisée lors de l'exposition des corps à la mortuaire.

Ehemaliges Hofmobiliendepot, Vienne.

Bibliographie:
Der Heilige Leopold, *catalogue d'exposition, 1985, p. 427 sq. et p. 91;* Welt des Barocks, *catalogue d'exposition, abbaye Saint-Florian, 1986, p. 120.*

2

4
Bratina

Coupe de fraternisation russe
Or et émail
H. : 26,7 cm
Moscou, 1630-1640
Inv. N° 1114

A l'occasion des noces du roi de Pologne Vladislav IV et de l'archiduchesse Cécile Renée d'Autriche, fille de l'empereur Ferdinand Ier, le tsar Michel Fedorovitch offrit à ce dernier une « bratina » de fraternisation en 1637.

Cette coupe aurait été fabriquée en Russie vers 1630-1640. Elle est en or partiellement émaillé et sertie de rubis, saphirs, émeraudes et perles. Le couvercle porte l'aigle blanc de Pologne, avec les lettres « WR » sur la poitrine. La coupe est marquée d'une dédicace en russe. Elle est reprise dans l'inventaire du Trésor de Vienne depuis 1750.

Kunsthistorisches Museum, Sammlung für Plastik und Kunstgewerbe, Vienne.

5
Canne

Ecaille, or
L. : 87 cm
Vers 1720
Inv. N° 4101

Cette petite canne est un cadeau personnel de l'empereur Charles VI au feld-maréchal le prince Eugène de Savoie. Le pommeau d'écaille recouvert d'or porte l'aigle bicéphale avec la couronne et une rosace centrale représentant une allégorie féminine devant un vase de fleurs.

Kunsthistorisches Museum, Sammlung für Plastik und Kunstgewerbe, Vienne.

5

6
Service à rubans verts

a) Soupière avec couvercle et support
b) Assiette à coquillages
c) Salière et poivrier
Pâte tendre
Sèvres - 1756-1757
Inv. N° 180.529

Lors de la reprise de la coopération entre la France et l'empire des Habsbourg sous l'impulsion de Kaunitz, chancelier de Marie-Thérèse, la cour de Vienne reçut un service en porcelaine de Sèvres de la part de Louis XV.
Ce service «à rubans verts» de 185 pièces a été fabriqué par la manufacture française de Sèvres. Il doit son nom aux guirlandes qui rehaussent son décor de fleurs et d'amours.

Ehemalige Hofsilber- und Tafelkammer, Vienne.

Bibliographie:
Trésors sur table, *catalogue d'exposition, Bruxelles, 1984, p. 230 sq; D. Guilleme - Brulon,* Le service à rubans verts, *L'Estampille, n° 179, 1985, p. 22-33.*

LE SERVICE A RUBANS VERTS POUR L'IMPERATRICE D'AUTRICHE

Le traité d'Aix-la-Chapelle (1748), qui mettait fin à la guerre de la succession d'Autriche, ne marquait en fait qu'une trêve aux hostilités. L'impératrice Marie-Thérèse regrettait amèrement la perte de la Silésie; le roi de Prusse Frédéric II, qui avait fait des envieux en Allemagne, développait ses préparatifs militaires. Partout régnait une intense activité diplomatique qui allait aboutir au renversement des alliances. Le chancelier Kaunitz, ancien ambassadeur à Versailles, songeait à un rapprochement avec la France car l'Autriche avait éprouvé, lors de la précédente guerre, de grandes difficultés à combattre sur deux fronts. Louis XV, réticent d'abord, perdra toutes ses illusions sur le comportement de Frédéric II lorsqu'il prendra connaissance du traité de Westminster (janvier 1756) par lequel l'Angleterre s'unissait à la Prusse. Le 1er mai 1756, l'alliance entre l'Autriche et la France, renforcée par la suite par des accords avec la Russie, la Saxe et la Suède, était scellée par le traité de Versailles.

Deux services en porcelaine de Vincennes-Sèvres, cadeaux de Louis XV, l'un au roi de Danemark Christian VII, l'autre à l'impératrice d'Autriche Marie-Thérèse, portent les lettres dates de fabrication: 1756 et 1757 (D et E).
Alors que le service destiné à Marie-Thérèse se trouve encore au palais de la Hofburg, celui de Christian VII fait curieusement partie des collections de l'Ermitage à Leningrad.
Il serait tentant de situer la commande du service de Marie-Thérèse à la suite du traité de Versailles: hommage flatteur d'un roi, ex-ennemi, à sa nouvelle alliée. Or, malgré le dépouillement systématique de la correspondance politique des années 1755 à 1759 incluse entre le bureau des Affaires Etrangères à Versailles et l'ambassade de France à Vienne, aucune lettre, aucun paragraphe, aucune note ne font mention du service. En revanche, le **Journal des Présents du Roi,** ***les*** **Etats des Présents du Roi,** ***la Comptabilité des Affaires Etrangères ainsi que les Archives de Sèvres donnent des indications précises.***
Le service destiné à l'impératrice d'Autriche est enregistré dans les livres de ventes de la manufacture au mois de décembre 1758. Ce service comprenait 185 pièces accompagnées de 38 sculptures en biscuit constituant le surtout (**L'Estampille,** ***sept. 1984) et de différentes autres pièces de porcelaine (116) telles que vases, déjeuners, gobelet, brocs, cuvettes...***
Le tout atteignait 339 pièces, pour une valeur de 39.530 livres. Au 2 juin 1759, le **Journal des Présents du Roi** ***inscrit le cadeau comme suit:***
«A l'Impératrice Reine de Hongrie un service de porcelaine de Sèvres de
.... 48.981 10s.
supplément .... 1.283 17s.
50.265 7s.»
Les **Etats des Présents du Roi,** ***qui enregistrent à la même date et de la même façon le cadeau, sont plus explicites sur le supplément de 1.283 17s. Cette somme correspond au prix de plateaux payés au Sieur La Mothe.***
Le tableau récapitulatif des dépenses de l'année 1759 de la Comptabilité nous apprend qu'il s'agit de plateaux de dessert et que le Sieur de La Mothe était fondeur de son métier.
Grâce au **Journal de Lazare Duvaux** ***nous savons qu'on livrait des plateaux de dessert sur lesquels on posait des pièces de porcelaine, tel par exemple celui fourni par ledit marchand mercier à M. Le Maréchal de Richelieu le 9 janvier 1759: «un plateau de dessert conforme au modèle présenté composé de trois parties en cuivre ciselé, couvert d'argent haché, garni de ses glaces... 850 l; sur le plateau est un groupe de la Curiosité 120 l; deux petites figures 72 l ...».***
Dans le détail des dépenses des six premiers mois de l'année 1759 concernant «les payements pour les Présents du Roy pour les Affaires Etrangères, suivant les ordonnances remises au Trésor Royal et les décharges restants en main du comptable» nous relevons qu'au 20 avril une somme de 6.720 l a été remboursée au bureau des Affaires Etrangères pour les frais d'expédition des caisses de porcelaine; qu'au 2 juin le S. Boileau, caissier de la Manufacture, a été remboursé de 48.981, 10s. et que le 5 septembre le S. La Mothe a reçu le paiement de 1.283,17s.

A titre de curiosité, nous signalons qu'à la date de ce 2 juin l'archevêque de Besançon se voyait régler la somme de 3.405,5s. pour les vins de Bourgogne qu'il avait envoyés à l'impératrice et que précédemment, au 15 avril, le Bureau des Affaires

Etrangères était remboursé de 2.553 l pour « frais de vin de Tokai pour la dite Reyne ». Quoique nos recherches, menées aux archives du Ministère des Relations Extérieures, n'aient pas été couronnées de succès en ce qui concerne le service de Marie-Thérèse, elles nous ont permis, entre autres, d'expliquer ce remboursement de vin de Tokai qui, bien entendu, n'était pas parti de France. C'est le marquis de l'Hôpital, de passage à Vienne, pour se rendre à son ambassade de Saint-Pétersbourg, qui s'était occupé, en traversant la Hongrie, de faire parvenir ce vin à l'impératrice. A cette même date, le caviste de la reine de Hongrie recevait, en présence du roi de France, une tabatière d'or à figures d'après Tesniers, œuvre du S. Ducroloy.

Il m'a été permis d'admirer le merveilleux fond vert de Vincennes, bleuté, velouté, presque nuageux par endroit, aussi bien sur le service de Christian VII, qui se trouve actuellement dans les réserves du musée de l'Ermitage à Leningrad, que sur le service de Marie-Thérèse à la Hofburg de Vienne. Sur le service du roi de Danemark le fond vert est enrichi de somptueuses rocailles d'or épais qui entourent les cartels, alors que sur le service de l'impératrice d'Autriche, il sert de fond à un décor de rubans qui, s'entrelaçant, forment des cartels.

Ces deux services ont non seulement le même fond vert, les mêmes formes rocailles issues de l'orfèvrerie, mais aussi les mêmes décors : amours joufflus, trophées, oiseaux, seules les fleurs diffèrent : fleurettes et fruits en petits bouquets sur le service de Christian VII, guirlandes de fleurs sur le service de Marie-Thérèse.

Il serait hors de propos de s'étendre ici sur le service du roi de Danemark car tel n'est pas le but de cet article. Nous tenons toutefois à informer nos lecteurs que nos dernières recherches d'archives le concernant nous autorisent désormais à ne plus considérer comme par le passé le service de l'impératrice d'Autriche comme étant le premier grand service de Sèvres offert par Louis XV à une cour étrangère.

D. Guilleme-Brulon

7
Chasuble d'apparat

Confectionnée dans la robe de chambre de François-Etienne
Brochée d'or
106 x 71 cm
1765
Inv. N°A IV 4

Pendant les festivités du mariage de l'archiduc Léopold, le futur empereur Léopold II, avec Marie-Louise de Bourbon (Innsbruck, 1764), le père du marié, François-Etienne de Lorraine, mourut subitement. Sa veuve, l'impératrice Marie-Thérèse, offrit à l'église de la cour d'Innsbruck une chasuble confectionnée avec la dernière robe de chambre du défunt.
Cette chasuble de soie brochée d'or, enrichie d'un décor de fleurs, porte les armes de Hongrie et de Bohême, celles de Bourgogne et du Tyrol ainsi que les monogrammes de François-Etienne (F.S. - Franz Stephan) et de Marie-Thérèse (M.T.).

Eglise de la Cour, Innsbruck.

Bibliographie :
Maria Theresia und Tirol, *catalogue d'exposition, Innsbruck, 1958, N° 142;* Maria Theresia und ihre Zeit, *catalogue d'exposition, Vienne, 1980, p. 322.*

8
Assiette à panorama

Glaçure bleue
Wiener Porzellanmanufaktur, 1803
∅ 25 cm
Inv. N° 180.506

Les salles d'exposition de l'Ehemalige Hofsilber- und Tafelkammer présentent 24 assiettes à panorama. Ces assiettes à dessert de l'époque de l'empereur François Ier (II), fabriquées par la manufacture de Vienne, sont des exemples remarquables de la haute qualité de la peinture sur porcelaine. Ce genre atteignit une perfection artistique inégalée dans l'histoire de la manufacture alors que celle-ci était dirigée par le baron von Sorgenthal. Les assiettes montrent chacune trois vues séparées les unes des autres par de précieuses bordures d'or en relief. L'assiette présentée ici est illustrée comme suit :
Vue du Prater vers la Ville,
L'assemblée aux Cafés dans la grande Allée du Prater,
La Place du feu d'artifice au Prater.
Ces dessins sont basés sur des vues de Vienne et des environs publiées par la maison d'édition viennoise Artaria (1780 ...)

Ehemalige Hofsilber- und Tafelkammer, Vienne

Bibliographie :
H. Kaut, Wiener Gärten, *Vienne, 1964, p. 38 sq. ; F. Czeike,* Wien-Kunst und Kulturlexicon, *Munich 1976, p. 124 sq.*

LE PRATER

La première mention du Prater dans les documents date de 1403. En 1537-1538, Ferdinand Ier y fit planter une allée de marronniers. Vers 1560, on y clôtura un terrain de chasse. L'entrée fut interdite à partir de Maximilien II. Marie-Thérèse fut la première à assouplir cette mesure et, en 1766, son fils Joseph II l'ouvrit au public. En 1775, l'Augarten, «die alte Favorita» et en 1776-1777, des parties du jardin du Belvédère devinrent accessibles au public, de même que la ménagerie de Schönbrunn.
En offrant cet environnement salubre, le monarque éclairé espérait assurer la santé physique et morale de son peuple. L'empereur fit notamment annoncer ce qui suit par le **Wiener Diarium** ***du 9 avril 1766: «... il est porté à la connaissance de chacun ... que désormais, à toute heure du jour, tout le monde sans distinction sera autorisé à circuler à cheval ou en voiture dans le Prater... qu'il ne sera interdit à personne de s'adonner au jeu de paume, de quilles ou à d'autres divertissements autorisés de son choix...».***
Bientôt, l'allée centrale devint le terrain de jeux du beau monde. Les flâneries et les feux d'artifice y étaient particulièrement appréciés. La cour continua à chasser dans les bois du Prater.
L'empereur fit figurer la dédicace suivante sur le portail de l'Augarten: «Lieu de détente dédié à tous les hommes par leur bienfaiteur».
En 1873, les bâtiments de l'exposition universelle de Vienne y furent construits sur les plans de Hasenauer (notamment une rotonde incendiée en 1937). Un corso fleuri a lieu tous les ans depuis 1886. Des hippodromes furent aménagés et la grande roue fut installée en 1897.

9
Bureau

Giuseppe Maggiolini (1738-1814)
Bureau palissandre et érable.
Assemblage marqueté de diverses essences de bois peints et incrustations d'ivoire
H.: 85 cm; L: 129 cm; l.: 76 cm
Sign. GPM, Milan vers 1770
Inv. SB 988

Ce meuble richement décoré d'une mosaïque de marqueterie présente des motifs chinois et une allégorie des arts libéraux évoquant la ville de Milan. Son style dénote la transition du rococo au classicisme. Une signature et le passage d'une lettre permettent d'affirmer qu'il s'agit d'une des premières œuvres de G. Maggiolini, réalisée d'après des projets de G. Lavati.
Ce bureau faisait partie de l'ameublement de l'appartement que Marie-Thérèse occupa au 2e étage de l'aile de Léopold de la Hofburg de Vienne après la mort de son mari. C'est un cadeau de son fils, l'archiduc Ferdinand qui a résidé à Milan. Dans une lettre datée du 3 juin 1773, Marie-Thérèse remercie l'archiduchesse Marie-Béatrice du présent en ces termes: «... Le choix de la couleur, je l'attribue à notre cher Ferdinand, qui m'a fait un très joli présent de Fayence et d'un bureau, mais que je ne verrais qu'après-demain, étant placé en ville dans mon nouvel appartement.»

Ehemaliges Hofmobiliendepot, Vienne

Bibliographie:
C. Witt - Dörring, Ein Schreibtisch von Giuseppe Maggiolini, *Alte und moderne Kunst, 171, 1980, p. 38; A. Gonzalez - Palacios, Giuseppe Maggiolini:* un capolavoro corto, uno incerto e vari appunti sui seguaci, Antologia Belli Arti, *HF. 13- 16, 1980-1982, p. 173-186.*

10
L'archiduc Léopold et sa famille

Gouache, vers 1776, Florence
49 x 50 cm
Inv. N°AB 21

Ehemaliges Hofmobiliendepot, Vienne.

11
L'archiduc Ferdinand et sa famille

Mediolani Peregus
Gouache, vers 1776
57x58 cm
Inv. N° AB 22

Portraits de famille

Les portraits en miniature étaient les cadeaux favoris au sein de la famille. La Hofburg de Vienne conserve une série de petits tableaux de l'époque 1773-1776 représentant la famille de tous les enfants de Marie-Thérèse mariés en Italie. L'impératrice ne cessait d'écrire pour avoir le portrait de la famille dans l'état le plus récent. Le plus souvent, des peintres établis à Naples, Milan, Parme et Florence réalisèrent ces œuvres.
La correspondance de Marie-Thérèse illustre cet échange actif de portraits et les discussions animées auxquelles ils donnaient lieu. L'impératrice écrit qu'elle s'est fort amusée quand elle a appris les remarques de sa fille au peintre qui a souligné la corpulence de son époux. Marie-Thérèse souligne le fait que son gendre est réellement gros et espère que le carême le fera maigrir. Mais l'impératrice estime que le portrait de sa fille est assez mauvais, que la tête peut passer mais que la silhouette et l'ensemble sont à pleurer. Elle remarque que les peintres ont toujours eu des difficultés à rendre l'attitude et la taille de sa fille et qu'elle en connaît peu qui puissent les dessiner avec autant d'agrément que de naturel. Marie-Thérèse a gardé les originaux de ces deux portraits et envoyé en France, aux Pays-Bas et à Naples des copies du portrait à la robe de fourrure bleue réalisées par Payer (N.B. une femme peintre).
Arneth 1881, t. 2, p. 222: lettre du 4 mars 1776 à Béatrice d'Este.

Ehemaliges Hofmobiliendepot, Vienne.

Bibliographie:
Ilsebill Barta, Studien zum Familienporträts 18. Jahrhunderts in Österreich, *Dissertation, Hambourg, 1986.*

11

4

6

7

8

8

9

9

9

12

14

13

15

15

Dedié
à
Son Altesse Impériale
Madame
Marie Anne
Archiduchesse d'Autriche
par son treshumble Serviteur
Stern
Mathias
Schmuzer
Zeichen maister
1811
MD 19393

16

F. I
Kleiner. Atlas

16

19

21

21

21

21

21

22

28

25

25

25

32

32

32

32

32

32

32

32

66

47

48

54

COP. NACH EDMUND HELLMER FECIT

60

60

60

60

60

60

61

68

78

85

76

77

78

96

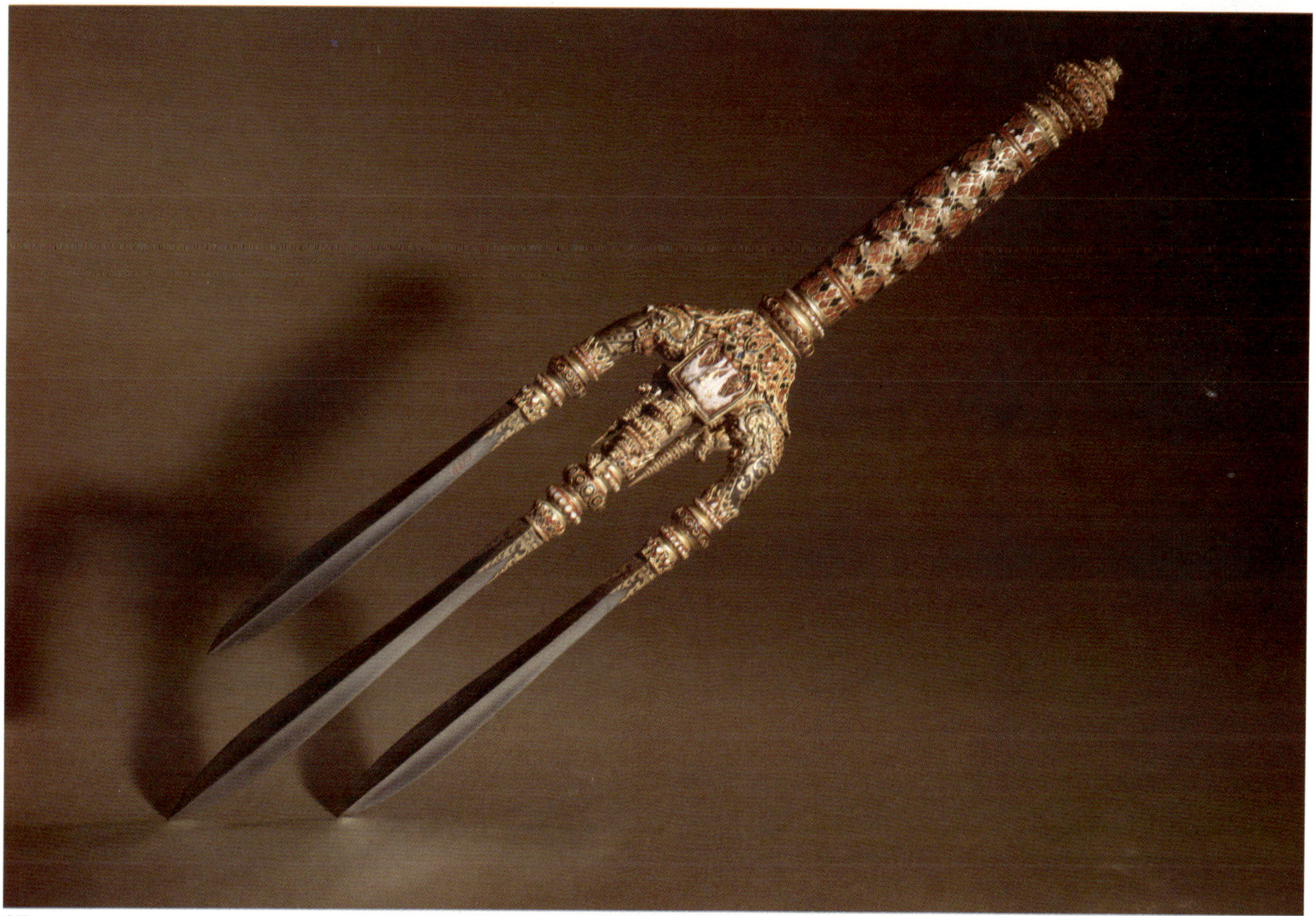

97

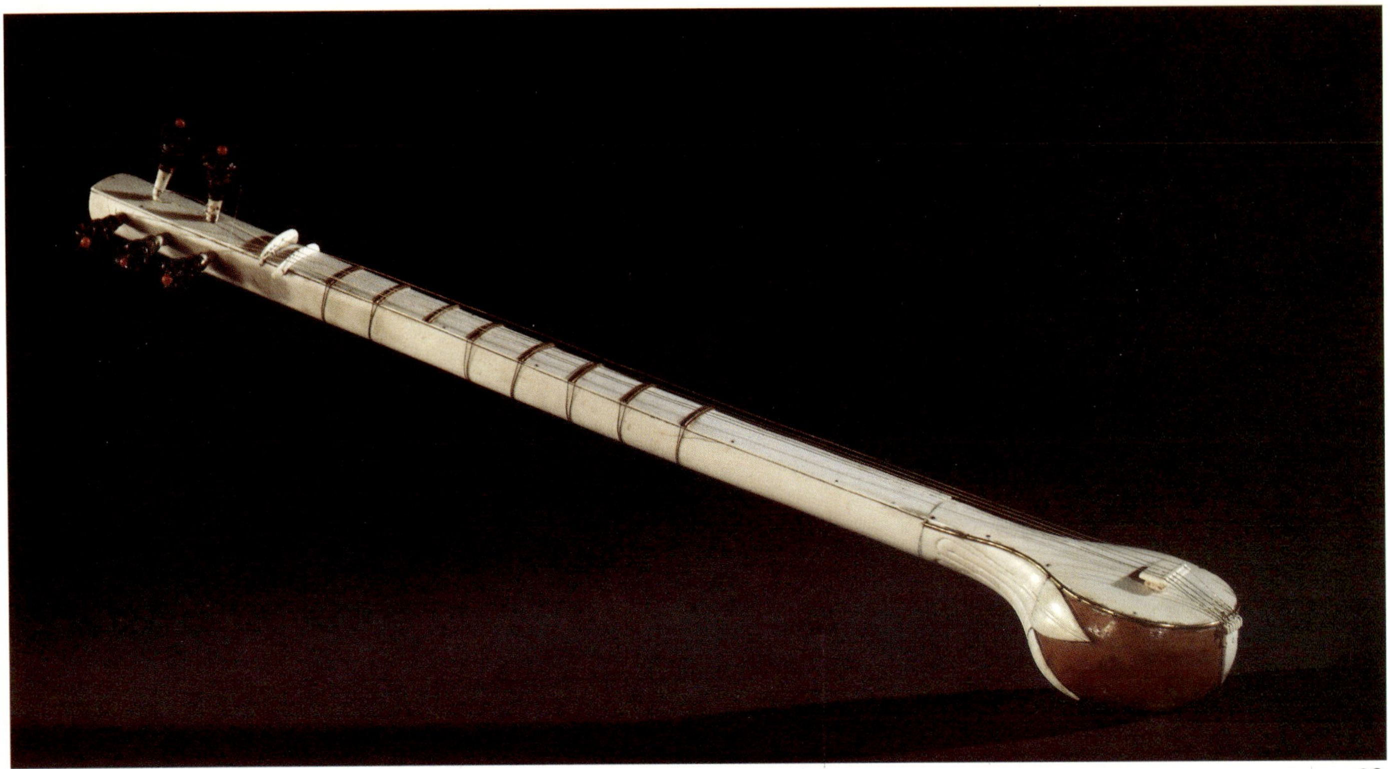
98

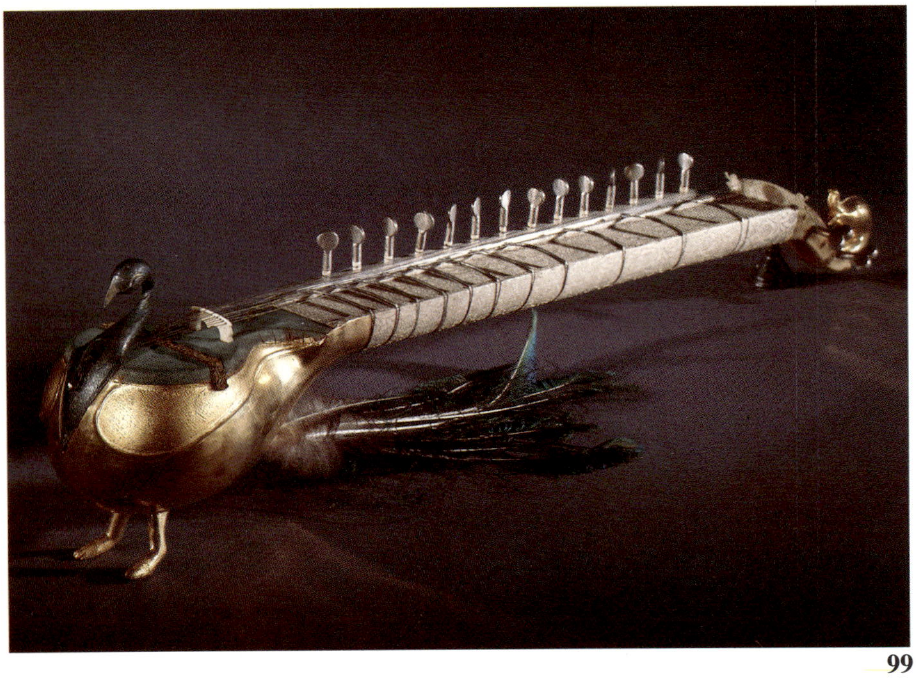
99

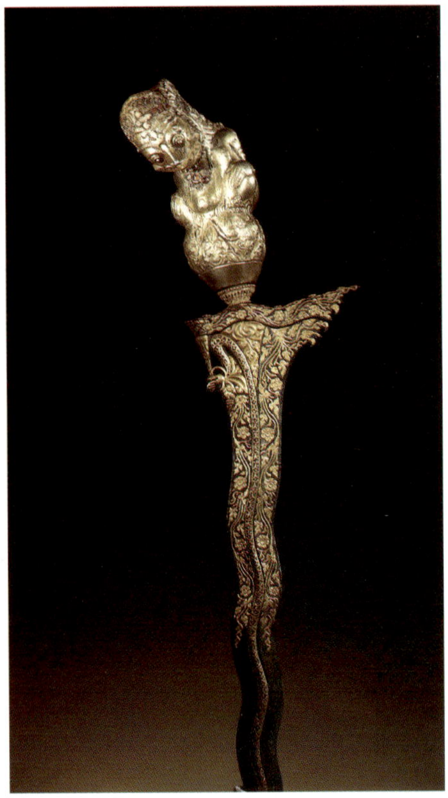
102

12
Service de Joseph II

a) Soupière avec couvercle et support
b) Seau à bouteilles
c) Saucière avec couvercle

Pâte tendre
Sèvres 1776-77
Inv. N° 180.528

A l'occasion de sa visite à sa sœur Marie-Antoinette (Paris, 1777), Joseph II reçut un service de près de 500 pièces commandé par Louis XVI à la manufacture de Sèvres, qui montre le luxe de la culture de la table à la cour au XVIIIe siècle. Sur un fond vert clair se détachent des cartouches blancs encadrés d'or dans lesquels on peut voir des gerbes de fruits et de fleurs.

Ehemalige Hofsilber- und Tafelkammer, Vienne.

Bibliographie:
D. Guilleme-Brulon, Le Service de l'Empereur Joseph II, *in:* l'Estampille, *n° 158, 1983, p. 33-42.*

UN PRESENT DE LOUIS XVI A L'EMPEREUR JOSEPH II

Ce même 30 avril 1777, la Manufacture Royale de Sèvres enregistre des «Présents fait par sa Majesté à l'Empereur et livrés à Monsieur de Vergennes». Cette longue liste comprend un service à fond vert décoré de fleurs et de fruits, 163 pièces de sculptures (statuettes et vases), un déjeuner, une écuelle, 2 pots à oille épis or, 2 terrines épis or pour la somme de 43.464 livres. Ce cadeau figure également dans* Le Journal des Présents du Roi *à la date du 13 mai comme suit: «A l'Empereur pendant son voyage en France sous le nom de Comte de Falkestein, un service et autres pièces de porcelaines de la Manufacture de Sèvres, le tout du prix de 43.560 livres».
La différence de 96 sols que l'on remarque entre les deux enregistrements est notée scrupuleusement dans les* Etats des Présents*: «Aux porteurs des dites porcelaines suivant l'usage 96 sols».
La même source nous informe que «le service de porcelaine, les morceaux de sculpture et autres pièces détachées ci-contre n° 54 ont été remis à M. Le Comte de Mercy, Ambassadeur de la cour de Vienne auprès du Roi et par lui présentés au nom de sa Majesté à l'Empereur (Comte de Falkestein) pendant le séjour de ce Prince en France». La rigoureuse comptabilité concernant les dépenses effectuées par les Affaires Etrangères pour les Présents Royaux, qu'il s'agisse de tapisseries, d'orfèvrerie, de porcelaines, nous dévoile au sujet du paiement de ce cadeau une déduction de 7.734 livres sur le montant connu de 43.560 livres, chiffrant ainsi le prix de revient réel à 35.826 livres.
En effet la «Manufacture de Sèvres a repris pour sa somme de 7.734 livres un service de porcelaine qu'elle avait fourni au département des affaires étrangères en 1773». Il s'agissait «d'un service à guirlande coloriée et point d'Espagne» de la valeur de 17.616 livres.
Ce service resté en souffrance et en définitive non offert réapparaît dans les registres de la Manufacture à la date du 20 août 1781 vendu aux marchands Keindal et Casanova pour la somme de 7.500 livres qui avec la remise de 9 % se réduit à 6.825 livres. Les pièces du service à fond vert, offert à Joseph II, décorées de cartels de fleurs et de fruits portent les lettres dates «X», «Y», «Z» correspondant à la production des années 1775, 1776, 1777. Il est donc contemporain du Service des Asturies (voir Est. Déc. 1982) mais à la différence de ce dernier exécuté en porcelaine dure, le service du Comte de Falkenstein est fabriqué en porcelaine tendre.
C'est un fait et cela s'avérera jusqu'à la fin du XVIIIe siècle, la Manufacture Royale de Sèvres, malgré la découverte du kaolin, fournira beaucoup plus de pâte tendre que de pâte dure.
Il suffit de comparer les délicates nuances de la polychromie de la porcelaine artificielle, dont la cuisson ne peut dépasser une température d'environ 950°, faute de kaolin, à celles plus contrastées et moins riches de la porcelaine naturelle vitrifiée pour comprendre l'attachement pour ce vieil amalgame, parent du verre.

D. Guilleme-Brulon

13
Paire de fusils de dame avec capitonnage

L.: 125,8 cm
Calibre 15 mm
Fer, noyer, velours et corne
Versailles, vers 1770-1780
Inv. N° G 315

Cet élégant fusil de dame est capitonné à la crosse, ce qui rend encore plus commode le maniement d'une arme par ailleurs très légère. C'est par l'intermédiaire de la reine Marie-Antoinette (1755-1793, mariée en 1770) que ce fusil parvint à Vienne, où l'impératrice Marie-Louise (1787-1816), troisième épouse de l'empereur François, utilisa encore la série de douze pièces. Le canon bleu, délicatement damasquiné en or de style Louis XVI, porte la signature « DE SAINTE » (arquebusier de la Cour de Louis XVI à Versailles de 1763 à 1793), le mécanisme de mise à feu est brillant, le fût est mince et brun et la base de la crosse est pourvue d'un capitonnage de velours vert galonné d'argent.

Kunsthistorisches Museum, Waffensammlung, Vienne.

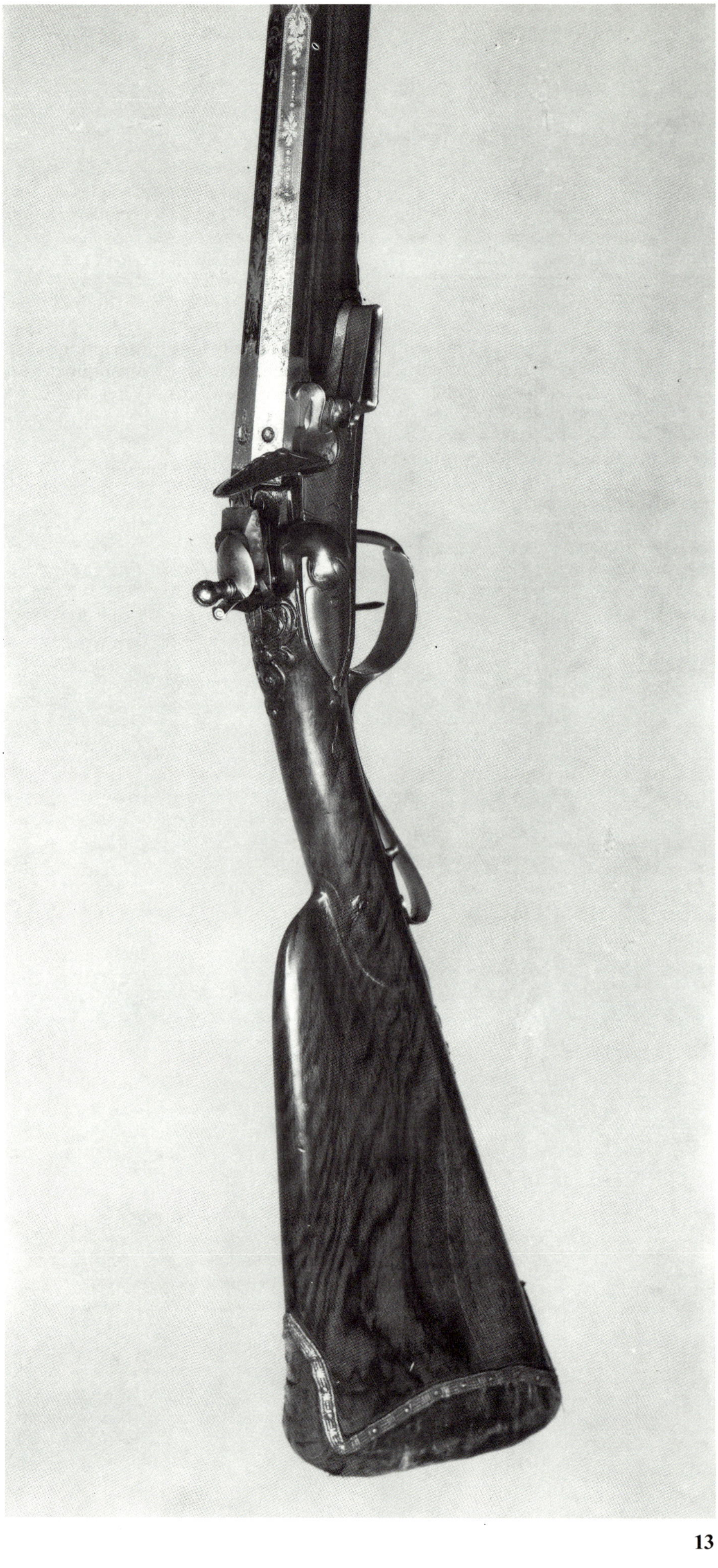

13

14
Service à épis

Soupière avec support
Porcelaine dure, blanc et or
Sèvres 1778
Travaux de Godin sur des modèles de Duplessis
Inv. N° 180.530

Les trois soupières avec support qui se trouvent actuellement à Vienne (Ehemalige Hofsilber- und Tafelkammer) furent offertes par Marie-Antoinette à sa mère, l'impératrice Marie-Thérèse.
Dans une lettre datée du 15 janvier 1778 (Versailles), Marie-Antoinette écrivait à Marie-Thérèse qu'elle espérait envoyer en même temps un colis de porcelaine susceptible de servir aux dîners de sa chère maman. Mais le paquet était trop lourd et trop fragile pour être envoyé par le courrier. Marie-Antoinette priait donc sa mère d'accepter ce cadeau avec sa bienveillance coutumière dont elle garderait le souvenir jusqu'à son dernier jour.

Ehemalige Hofsilber- und Tafelkammer, Vienne.

15
Carnet de bal

Sicardy
Or, émail, perles, ivoire
L. : 8,7 cm ; l. : 5,6 cm
Paris 1783
Inv. N° 8269

A l'occasion de leur visite à Paris, en 1786, Louis XVI et son épouse Marie-Antoinette offrirent deux carnets de bal au frère de la reine, l'archiduc Ferdinand et à son épouse l'archiduchesse Marie-Béatrice d'Autriche-Este.
Ces carnets portent l'inscription « Souvenir d'Amitié » ainsi que des miniatures de Louis XVI et Marie-Antoinette, signées Sicardy et datées de 1783 et 1784.

Kunsthistorisches Museum, Sammlung für Plastik und Kunstgewerbe, Vienne.

16
Page de dédicace pour un atlas

Mathias Schmuzer
Gouache sur carton
33x42 cm
1811
Inv. N° MD 19.393

L'atlas fut offert par un certain Monsieur Stern à la fille de l'empereur François Ier (II), Marie-Anne (1804-1858) avec la dédicace suivante :
« Dédié à Son Altesse Impériale Madame Marie Anne, archiduchesse d'Autriche, par son très humble Serviteur Stern. »
Cette page a été réalisée par le maître dessinateur Mathias Schmuzer.

Ehemaliges Hofmobiliendepot, Vienne.

17
Cassette en bois

Noyer
L. : 35,5 cm ; l. : 24 cm ; H. : 9 cm
1810, Vienne
Inv. N° 8261

Vers 1812, Marie-Louise de Modène, troisième épouse de l'empereur François Ier, offrit une cassette en bois à sa mère, l'archiduchesse Marie-Béatrice d'Autriche-Este. L'extérieur et l'intérieur du couvercle sont décorés de clous d'acier taillés en pointes de diamant et formant une inscription. Sur la face intérieure du couvercle se trouvent également deux miniatures représentant François Ier et Marie-Louise. Elles sont signées («peint par J. Bodemer»), datées de 1810 et 1811, et sont d'origine viennoise.

Kunsthistorisches Museum, Sammlung für Plastik und Kunstgewerbe, Vienne.

18
Cassette

Noyer
L. : 33 cm ; l. : 22 cm ; H. : 8 cm
Vienne, vers 1805
Inv. N° 8267

L'inscription et l'effigie permettraient de conclure que la cassette a été donnée à un membre de la maison d'Autriche-Este par l'archiduchesse Marie-Elisabeth, abbesse d'un couvent de religieuses nobles à Innsbruck, fille de l'empereur François-Etienne de Lorraine et de l'impératrice Marie-Thérèse.
L'extérieur du couvercle porte des décorations et une dédicace en clous taillés en pointes de diamant ainsi qu'une miniature de l'archiduchesse. A l'intérieur, une aquarelle représente un jardin. Cette œuvre du début du XIXe siècle aurait été réalisée à Vienne.

Kunsthistorisches Museum, Sammlung für Plastik und Kunstgewerbe, Vienne.

17

17

18

18

19
Boîte avec montre de fantaisie

Bréguet père
Or, émail
H. : 2,6 cm ; L. : 8,4 cm ; l. : 6,3 cm
Paris : début du XIXe siècle
Inv. N° 3261

Lors de l'exil de Napoléon à l'île d'Elbe, en 1814, son épouse, l'archiduchesse Marie- Louise, lui offrit une boîte contenant une montre de fantaisie.
Le couvercle représente la scène significative des adieux du héros antique Enée à Didon. La boîte ouverte permet de voir la surface en métal richement travaillé. Cette œuvre est due à Bréguet père, de Paris.

Kunsthistorisches Museum, Sammlung für Plastik und Kunstgewerbe, Vienne.

20
Vase en verre rubis

Verrerie du comte Harrach (?)
Verre rubis avec dorures
Socle avec vase
H. : 106,5 cm ; ∅ 49 cm
Bohême, Neuweilt (?), 1849
Inv. N° 140.142

La corporation des artisans de la Basse-Autriche fit réaliser ce vase pour son protecteur, l'archiduc François-Charles (1802-1878) et le lui offrit à l'occasion de ses noces d'argent en 1849. Après la mort de l'archiduchesse Sophie (1805-1872), son fils, l'empereur François-Joseph, offrit le vase à la ville de Vienne, où il occupa longtemps le salon de réception du bourgmestre.

Historisches Museum der Stadt Wien.

21
Pièces d'un service à dessert

Minton
Porcelaine, décorations multicolores
Stoke upon Trent, 1851
a) Surtout de table, milieu (les quatre saisons)
b) Etagère
c) Assiette tambour profonde
d) Assiette tambour plate
e) 3 assiettes
f) Sucrier avec couvercle
Inv. N° 180.441

Pour la première exposition universelle (Londres, 1851), l'empereur François-Joseph reçut de la reine Victoria un service Minton et lui offrit à son tour une bibliothèque néogothique de C. Leistler, qui se trouve actuellement au Musée Albert et Victoria de Londres.
L'imposant service à dessert de Hubert Minton and Co, Stoke upon Trent, fut exposé à Londres en 1851. Les multiples éléments du surtout et les grandes pièces sont décorés luxueusement. La reine Victoria acquit elle-même un service de ce type, qui se trouve dans les collections royales.

Ehemalige Hofsilber- und Tafelkammer, Vienne.

Bibliographie:
The Crystal Palace Exhibition illustrated Catalogue, *Londres, 1851, p. 114; A. Fay - Halle, B. Mundt,* Europäischer Porzellan, *Stuttgart, 1983, p. 212, pl. 366;* Trésors sur table, *catalogue d'exposition, Bruxelles, 1984, p. 245sq.*

22
Partie d'un mobilier de chambre à coucher

a) Petite table ronde avec plaque de porcelaine
b) 2 sièges (chaises)
sculptées dans le hêtre, blanc avec dorures
Vienne 1854
Inv. N° DF 31/CA 401 et 404

A l'occasion de ses noces avec Elisabeth, en 1854, l'empereur François-Joseph Ier reçut une chambre à coucher.
Suivant la tradition habsbourgeoise, François-Joseph avait reçu, outre l'éducation due à son rang, une formation artisanale, en l'espèce l'ébénisterie, ce qui explique pourquoi la corporation des ébénistes viennois offrit ce cadeau au jeune couple. Ce mobilier blanc à dorures, qui n'a d'ailleurs jamais servi, se compose d'un lit de deux personnes, de tables de nuit, de quelques petites tables et chaises assorties. Elle est construite dans le style qu'il est convenu d'appeler le rococo deuxième manière dans les arts décoratifs viennois. A l'exemple du rococo du XVIIIe siècle, ce style se caractérise par le traitement libre et la créativité individuelle.
La plaque de porcelaine incrustée dans la table est une assiette peinte à la mode viennoise, représentant une copie de P.P. Rubens réalisée par la maison Rädler. Ces assiettes étaient très demandées et prouvent la haute qualité du travail de cette firme.

Ehemaliges Hofmobiliendepot, Vienne.

Bibliographie:
G. Himmeheber, Die Kunst des deutschen Möbels, *III, Munich 1973;* Bundessammlung alter Stilmöbel, *catalogue, Vienne, 1976, p. 27 sq.*

23
Chapelle votive Elisabeth aux cieux

Lithographie coloriée, 38,1 x 60,4 cm
Inv. N° 34.376/2

La chapelle votive Elisabeth am Himmel fut construite en 1855-1856 sur les instructions de Johann Carl Sothen (1822-1881), négociant en gros, qui possédait depuis 1855 le château de Cobenzl. Elle fut dédiée à sainte Elisabeth et servit de mausolée au couple Sothen. Le retable de Kupelwieser réunissait les saints patrons du couple impérial, sainte Elisabeth et saint François d'Assise, devant la Vierge.
Sothen, qui devait être anobli par la suite, ne s'en tint pas là dans son hommage. Il fit imprimer une lithographie en couleurs représentant la chapelle et son environnement pittoresque, sur laquelle il indiqua à quelle occasion cet édifice avait été construit: « Vue de la chapelle votive Elisabeth am Himmel, en souvenir des noces de leurs majestés impériales et royales l'empereur François-Joseph Ier et Elisabeth Amélie Eugénie
Joh.C.Sothen et son épouse Franziska
Consacrée le 31 juillet 1856».
L'architecte Johann A. Garben († 1876) devait par la suite construire le Kursalon au parc municipal. Il créa une chapelle aux formes végétales foisonnantes dans le style historico-romantique. Le choix du site pittoresque traduit également la survivance du romantisme durant la seconde moitié du siècle.
Sothen, qui s'occupait intensivement des pauvres et des invalides et se comportait en bienfaiteur, eut une mort violente: son garde-chasse le tua, soi-disant parce qu'il ne témoignait pas la même humanité à ses propres gens.
La chapelle alla ensuite au couvent des sœurs de l'Enfant Jésus. Elle fut fortement endommagée et est actuellement murée.

R. Kassal-Mikula

Historisches Museum der Stadt Wien.

24
Carrosse pour enfant à deux sièges en vis-à-vis avec banquette de laquais

Cesare Sala, Milan, vers 1857
Longueur hors tout (de la traverse d'attelage au support de la banquette de laquais): 270 cm
Hauteur hors tout (jusqu'aux couronnes du dais): 169 cm
Largeur hors tout (entre les bords extérieurs des roues): 113 cm
Ecartement des roues: 84 cm
Longueur du timon: 263 cm
Poids sans timon: 174 kg
Inv. N° W 69

En 1858, le roi d'Italie, Victor Emmanuel II offrit cette voiture au prince héritier Rodolphe à l'occasion de sa naissance. Elle fut réalisée par le carrossier milanais Cesare Sala. Par les ailes déployées à la partie supérieure de la coque de la voiture et la disposition des ressorts en C, elle rappelle le phaéton du roi de Rome (le fils de Napoléon Ier), réalisé par A. Carassi, qui est également conservé au musée des voitures de Vienne.

En 1863, Victor Emmanuel confia à Sala la construction d'une voiture semblable qui fut offerte à Don Carlos du Portugal et se trouve actuellement au Musée National des Voitures de Lisbonne.
La coque comporte deux portières avec marchepied intégré. Elle est suspendue par quatre courroies noires (avec motifs brodés et terminés par une boucle) aux quatre ressorts qui reposent sur les trains avant et arrière (reliés par un longeron en fer forgé). Le timon destiné à quatre poneys, laqué en vert foncé et décoré d'or fin, porte des traverses nickelées et un capitonnage en deux parties.
La coque vert foncé, renfoncée à l'avant et à l'arrière, porte en sa partie supérieure un cannage décoratif et, sur les côtés, deux garde-boue recouverts de cuir. Huit barres de fer laquées en vert, divisées en leur milieu par une boule dorée, portent le dais de bois recouvert de cuir noir avec barre de renforcement centrale. L'intérieur du dais est doublé de soie vert foncé. Le même type de tissu est utilisé pour les huit rideaux à franges d'or. La voiture est tapissée de reps ocre galonné de passementerie du même ton, avec franges d'or. Les coussins et banquettes sont capitonnés de la même manière. L'intérieur des marchepieds est recouvert de tapis ocre et l'extérieur de cuir de couleur naturelle, gravé or, aux armes de la maison de Habsbourg Lorraine. Les poignées des portières, en laiton, représentent des griffons portant les armoiries. La partie supérieure de la portière, en cannage, porte une couronne de laiton en moyen relief (couronne de l'empereur Rodolphe) et, dans la partie inférieure vert foncé, la peinture d'un griffon avec armoiries. Le long du dais court une bordure de laiton doré à motifs de coquillages. Les quatre coins sont surmontés de la couronne de l'empereur Rodolphe (laiton).

Le longeron de fer avec col de cygne est muni à l'arrière de deux bras en bois qui s'attachent à l'essieu arrière, sur lequel reposent les ressorts et les supports de la banquette du laquais. Cette banquette, recouverte de cuir noir est pourvue d'une barre en laiton et de deux poignées en bois et en fer. Le marchepied est en fer. Deux courroies sont fixées à la coque et au longeron. L'axe du train avant supporte les roues de bois et la traverse d'attelage surmontée de quatre chevilles recouvertes de cuir. Une barre transversale porte deux montants de fer et de bois qui se rattachent aux ressorts en C et sont reliés par un support sur lequel deux aigles tiennent des armes sculptées et surmontées d'une couronne. Les parties en bois du train avant sont décorées de plantes grimpantes et de feuilles de chêne sculptées et dorées. Le châssis et les roues reliées par les essieux de «Cesare, Milano» (12 rayons pour le train arrière, 10 rayons pour le train avant) sont laqués en vert foncé et décorés de larges bandes de dorure.
Fabrication: Cesare Sala, Milan, pour le prince héritier Rodolphe. Vers 1860
Restaurations: 1922: tapisserie renouvelée par Hänel sur le modèle de l'ancienne.

Kunsthistorisches Museum, Wagenburg, Vienne.

Bibliographie:
Das Kunstwerk der Woche, *in: Wiener Kurier, 1er juillet 1952 (cf. 31 33/Wgbg/1952).*
Kügle, Wagenburg *1977, p. 16, 62, 79, T. 69.*

24

26

25
Berceau du prince héritier Rodolphe

Frans Matthias Podany
Acajou, érable, fine marqueterie multicolore, appliques en bronze
Tendu de soie
130 x 75 x 163 cm
1858
Inv. N° V 2.428

A l'occasion de la naissance du prince héritier Rodolphe, la bourgeoisie de Vienne offrit au couple impérial un splendide berceau (portant le monogramme R à l'intérieur) de style rococo deuxième manière, particulièrement intéressant par sa décoration en marqueterie. Ce type de marqueterie extrêmement fine était une spécialité de la firme viennoise F.M. Podany, qui possédait des privilèges royaux et impériaux ainsi que des brevets internationaux. Cette firme était mondialement connue à l'époque où le style «historique» était en vogue.

Ehemaliges Hofmobiliendepot, Vienne.

Bibliographie:
Das Zeitalter Kaiser Franz Josefs, *catalogue d'exposition, 1985, p. 336; C. Witt-Dörring,* Der Tischlermeister Franz Matthias Podany (1819-1892). Gründer eines Wiener Kleinbetriebs mit Weltgeltung, *in: Alte und moderne Kunst, 1979, N° 153, p. 56 sq.*

26
Lithographie commémorative de la pose de la première pierre de la «Votivkirche»

V. Katzler
Lithographie à la craie
49,2 x 59,3 cm

Le 18 février 1853, le compagnon tailleur Janos Libényi fit une tentative d'assassinat sur la personne de l'empereur François-Joseph Ier, qui se promenait au rempart des Augustins. Le 27 février, l'archiduc Ferdinand - Maximilien lança un appel pour bâtir une église qui devait être financée par des dons. En mars, le comité chargé de la construction se mit à la recherche d'un terrain adéquat. Ludwig Förster, qui s'occupait depuis longtemps des projets d'extension de la ville, fit plusieurs propositions. Dans le cadre de l'expansion de Vienne, on pensa à des terrains situés entre la Schottentor et la Fischertor, entre la Währinger Strasse et le canal du Danube à l'emplacement de la «nouvelle Vienne», et près de l'Ecole polytechnique. Le choix d'un site proche du Belvédère, dans le faubourg de Wieden, était la condition de l'adjudication.
Le concours international d'architecture eut lieu du 2 avril 1854 au 31 janvier 1855. 75 projets furent envoyés. A la clôture du concours, Johann Pernthaler, le secrétaire du comité, qui avait donné le coup d'envoi en publiant un poème, alla présenter une sélection de projets au roi Louis Ier de Bavière, qui se trouvait à Rome. Ayant obtenu l'avis du roi, Pernthaler se rendit chez Ferdinand-Maximilien à Trieste. Le 29 mai, Ferstel apprit qu'il avait gagné.
Comme des doutes s'élevaient à nouveau quant au choix du terrain, on permit à Ferstel de choisir un endroit qui lui convenait. La décision finale tomba le 25 octobre 1855. La première pierre fut posée le 24 avril 1856. Ferstel modifia encore quelque peu le plan envoyé au concours et l'aspect définitif de l'église fut fixé en 1858.
La construction commença par le chœur et se termina par les tours. Etant donné l'avancement rapide des travaux au départ, on espérait terminer la construction en 1869. Mais, dès 1861, de sérieux problèmes financiers se posèrent car le fonds de construction était pratiquement épuisé. Les travaux traînèrent. Ce n'est qu'après la mise à disposition de nouveaux moyens par le conseil communal de Vienne pour terminer les tours, que l'on put achever les parties architectoniques.
L'aménagement intérieur débuta en 1874.
L'église fut consacrée le 24 avril 1879.
Intégrée comme paroisse dans le culte de la ville, l'église obtint cependant le rang de prieuré dépendant de la cathédrale métropolitaine Saint-Etienne. La nomination du prieur dépendait personnellement de l'empereur. En outre, cet édifice devint l'église de la garnison et de l'université.

R. Kassal-Mikula

Historisches Museum der Stadt Wien.

Bibliographie:
Heinrich Ferstel, *Catalogue d'exposition, Vienne, 1984; N. Wibiral, R. Mikula,* Heinrich von Ferstel, *Wiesbaden, 1974, p. 3 sq.*

27
Coffre d'apparat et dédicace

Heinrich Ferstel
Cuir gravé, partiellement peint, ferrures en laiton
109,5 x 80 x 6 cm
Vienne, 1859
Inv. N° HM 70.655 et 70.655/1

Ce coffre est personnellement dédié par Ferstel au fondateur de l'église votive, l'archiduc Ferdinand-Maximilien. Il contient, outre la dédicace, 8 plans originaux.

Dédicace du coffre:
« Plans de l'église du Saint-Sauveur à Vienne. A son altesse impériale le prince Ferdinand - Maximilien, archiduc d'Autriche, commandant en chef de la Marine impériale et royale d'Autriche, vice-amiral, etc. etc., en signe de profond respect et de soumission. Heinr. Ferstel, Architecte, octobre 1859. »

Historisches Museum der Stadt Wien.

28
Garniture de chasse

T. Werenbold
Corne de bouquetin à garniture d'argent dans une cassette en bois de tilleul
Cassette 60 x 97 x 21 cm
Turin, 1872
Inv. N° HGK 725

En 1873, le roi d'Italie Victor Emmanuel II offrit à l'empereur François-Joseph Ier une garniture de chasse composée d'une corne d'appel, d'une corne à poudre, d'une corne à boire avec quatre gobelets, dans un coffret sculpté garni de velours. L'embouchure de la corne d'appel est garnie d'une tête de sanglier et de feuilles de chêne tandis que la corne à boire est décorée d'une tête de chien et de pampres.

Kunsthistorisches Museum, Waffensammlung, Vienne.

29
Plaque

J. J. Zapf
Bronze émaillé, doré
Projet et réalisation: J.J. Zapf
15,8 x 8,5 cm
Vienne, 1873
Inv. N° Email 75

Cette plaque de garniture rectangulaire, destinée peut-être à une cassette, montre de grandes grotesques orientalisantes dans le style de la fin du XVIe siècle.
La composition très équilibrée de l'ornementation présente un double rinceau émergeant d'un vase ainsi que des êtres mi-hommes, mi-animaux. L'archiduc Rainer a fait cadeau de l'objet au musée.

Museum für angewandte Kunst, Vienne.

30
Pièce de broderie en perles

42 x 37 cm
Vers 1876
Inv. N° MD 38.338

Cette broderie en perles, soie et fils d'or représente les initiales de l'impératrice Elisabeth Amélie Eugénie.
L'inscription au dos de la pièce indique qu'il s'agit d'un cadeau de l'impératrice à Monsieur Michael Kellner (22 avril 1876).

Ehemaliges Hofmobiliendepot, Vienne.

31
10 costumes originaux du cortège Makart

1879
Non numérotés

Historisches Museum der Stadt Wien.

31

32

Hans Makart
a) L'horticulture
Inv. N° 28.563/4
b) Les confiseurs
Inv. N° 17.738/1
c) Les négociants en gros
Inv. N° 17.738/10
d) Constructeurs mécaniques et mécaniciens
Inv. N° 17.738/18

Peinture à l'huile sur toile
80 x 300 cm

Historisches Museum der Stadt Wien.

LE CORTEGE

Il pleuvait à Vienne le 24 avril 1879 pour les noces d'argent de l'empereur François- Joseph Ier et d'Elisabeth. Le temps ne s'améliora pas les deux jours suivants. Le cortège organisé par la ville de Vienne, apogée des festivités, ne put avoir lieu que le dimanche 27 avril. Les magnifiques constructions monumentales du boulevard, le cortège de 14.000 figurants, les uns en tenue folklorique ou en uniforme, les autres en costumes historiques, accompagné de formations musicales, offrit aux yeux d'une foule énorme un spectacle artistique total, qui quelques heures plus tard, ne fut plus qu'un souvenir.
La grandiose impression visuelle que ce cortège d'hommage était censé susciter, était surtout l'œuvre de Hans Makart, le peintre dont la palette étonnante fascinait les Viennois depuis environ 10 ans. La popularité qu'il avait conquise en créant son fabuleux atelier de la Gusshausstrasse et qui ne fit que croître avec la présentation (régulière) de toiles monumentales (« Venise rendant hommage à Catherine Cornaro » à l'exposition universelle de 1873 et « Entrée de Charles Quint à Anvers » en 1878) atteignit avec le cortège un sommet inégalé depuis lors.
Makart et ses collaborateurs ne disposaient que de quelques semaines pour mettre cette manifestation sur pied. Le 10 décembre 1878, le bourgmestre de Vienne, le chevalier Julius von Newald, nomma une commission composée de membres du conseil communal, qui décida le 14 janvier 1879 d'organiser « en hommage au couple impérial un cortège représentant la bourgeoisie, l'art et la science, l'agriculture, la sylviculture et l'industrie minière, l'industrie, le commerce et les communications ».

31

31

On demanda aux responsables des associations d'artistes de désigner quelques-uns de leurs membres pour organiser la partie artistique du cortège. Hans Makart, le sculpteur Karl Kundmann, le peintre Friedrich Schilcher ainsi que les architectes Andreas Streit et Otto Wagner furent chargés de cette mission le 19 janvier. Au cours de la première réunion du conseil communal et des artistes, Makart se vit attribuer la charge de la partie artistique. Il devait dessiner des esquisses pour tous les groupes du cortège, faire des projets d'étendards et choisir les costumes. Otto Wagner devait assurer la décoration du centre des festivités près du Burgtor et des deux musées. Streit devait construire les chars et prenait la responsabilité de l'ensemble du cortège. Enfin, le 1er février, les lignes de force du programme furent fixées.

Donc, Makart n'eut guère de temps pour mettre ses idées à exécution. Il se mit fiévreusement à la tâche et, dans les délais les plus brefs, il réalisa 35 projets montrant la composition des groupes et leurs couleurs caractéristiques. Les 19 premières esquisses furent exposées à l'hôtel de ville dès la fin janvier. Deux semaines plus tard, elles étaient au nombre de 27. En mars, les peintures du cortège étaient visibles au Künstlerhaus. Elles remportèrent l'un des succès les plus retentissants dans l'histoire des expositions viennoises. « L'Entrée de Charles Quint à Anvers » et « Venise rendant hommage à Catherine Cornaro » ont sans doute attiré davantage de personnes mais ces deux tableaux n'ont jamais rassemblé autant de couches différentes de la population. Ce large intérêt du public fut renforcé jusqu'au dernier moment par les nombreux avis publiés sur l'avancement des travaux.

Makart partagea la réalisation des esquisses avec plusieurs artistes. Rudolf Huber et Julien Blaas peignirent les chevaux, Raphael Ambros créa quelques arrière-plans, Eduard Charlemont, un compagnon de l'atelier de Makart, et Julius Berger y travaillèrent également. En effet, il aurait été impossible à l'artiste le plus calme et le plus génial de peindre en quelques semaines une toile gigantesque d'environ 300 pieds de long.

L'exécution pratique des esquisses de Makart comportait la confection des costumes, étendards et écussons ainsi que la construction des chars sous la direction générale de Streit. Une série

31

31

d'artistes réalisèrent les dessins et supervisèrent la préparation des chars : l'architecte paysagiste Lothar Abel pour l'horticulture, Streit et le sculpteur Johann Schindler pour la viticulture, le sculpteur Johann Jakob Silbernagel pour l'industrie minière, Eduard Stadlin pour la boulangerie et la meunerie, les architectes Karl König et Rudolf Feldscharek pour la confiserie, l'habillement, la tannerie, la métallurgie et la serrurerie, l'architecte A.R. von Hornbostel pour la verrerie, le peintre Jozef Zürnich pour l'hôtellerie, le sculpteur Theodor Friedl pour le textile et l'orfèvrerie, Andreas Streit pour la corderie, le sculpteur Reinhold Völkl pour le commerce, le sculpteur Carl Costenoble pour la navigation, le sculpteur Rudolf Weyr pour les chemins de fer, le sculpteur Frans Xaver Pönninger pour le travail du cuivre et du bronze ainsi que pour la fonderie, Ferdinand Laufberger pour l'imprimerie et la reliure, Makart pour les arts plastiques. Les chars des potiers, des ébénistes et des carrossiers furent réalisés par leurs corporations. C'est le peintre Joseph Fux qui organisa le groupe de la « chasse historique ».

Un atelier de couture fut installé dans la Gusshausstrasse, où Makart avait sa magnifique demeure et ses ateliers. C'est là que, sous sa direction, Eduard Stadlin, le costumier du théâtre de la Hofburg et ses collaborateurs conçurent des centaines de costumes et robes d'apparat. Le brodeur de la Cour, Karl Giani, prit également part aux travaux. Karl König et Rudolf Feldscharek conçurent la plupart des étendards. Ferdinand Laufberger, qui dessina quelques costumes, donne dans une lettre adressée à son ami Carl Leopold Müller une idée de l'activité qui régnait à ce moment : « Je suis dans un tel tourbillon de travail que je ne sais pas comment tout cela va finir. La plupart des activités sont centrées sur le cortège des noces d'argent du couple impérial. On fait ici des préparatifs colossaux. Tu auras certainement lu des articles consacrés au cortège. Ce sera du jamais vu à Vienne ! Aucun artiste aussi doué pour la décoration n'aura pris en mains l'organisation de telles festivités. Toute une série d'esquisses (24 d'après ce que je pense), de six pieds de long sur environ un pied et demi de haut, a vu le jour en très peu de temps. - Jul. Blaas, Huber et Berger y ont apporté leur aide. Les regroupements ne

seront pas toujours heureux et les couleurs loin d'être strictement harmonisées. C'est bien naturel. Mais dans la réalisation pratique, d'autres effets intéressants se produiront en raison des mouvements des figurants. J'ai été chargé d'effectuer les dessins de détail pour l'un des groupes. Un grand atelier de couture s'est installé à la Gusshausstrasse sous la direction de Makart et de Stadlin. On estime le nombre des figurants à 14.000! D'innombrables aristocrates et éminents bourgeois participeront personnellement au cortège. Les charcutiers seront à cheval. Makart a décoré ce char de jambons et saucisses, de guirlandes et de jolies filles potelées».

Au petit matin du grand jour, les participants se réunirent au Prater. Les chars sortirent des halles de la rotonde et, sous la direction d'Andreas Streit, les groupes se formèrent à la place qui leur fut désignée.

En prévision des efforts à fournir pendant leur longue marche, bien des figurants prirent des forces à l'excellente auberge du martin-pêcheur. Vers 9 heures, le cortège se dirigea vers le boulevard de ceinture en passant par la Praterstrasse et l'Aspernbrücke. Les maisons du boulevard étaient ornées de drapeaux, de guirlandes de verdure et de fleurs. Beaucoup de fenêtres arboraient des portraits ou des bustes du couple impérial. Le long du boulevard de ceinture et de la Praterstrasse, 120 tribunes de 50.000 places numérotées avaient été érigées. Derrière celles-ci, les restaurateurs s'affairaient à nourrir les spectateurs. Beaucoup de visiteurs avaient passé la nuit sous les tribunes et sur les lieux des festivités. A l'aube, les rues se remplirent de curieux venus des faubourgs en train, en voiture ou à pied. A l'entrée des rues, on pouvait acheter des publications commémoratives, des médailles et des cocardes.

C'est Otto Wagner qui réalisa l'aménagement le plus luxueux au centre des festivités, devant la Burgtor. La tente impériale était somptueuse, non seulement à l'extérieur, mais aussi à l'intérieur. En prévision d'un changement des conditions atmosphériques (qui se produisit d'ailleurs pendant le défilé), on avait prévu deux pavillons vitrés et surmontés d'une coupole. Les membres de la maison impériale, la cour et les invités d'honneur se réunirent à 10 heures. A 11 heures,

94

au moment où le cortège s'approchait, le couple royal fit son apparition, accompagné de ses enfants, Rodolphe, Gisèle et Valérie. En tête du cortège venaient les étudiants, gymnastes et tireurs. Le deuxième groupe était celui des députations des sociétés et corporations artisanales en toge noire, portant leurs bannières, étendards et emblèmes. En troisième lieu venait le clou du défilé, organisé par Makart. La quatrième partie présentait la chasse en haute montagne. Les pompiers et les vétérans fermaient la marche.

Le supplément illustré d'un journal viennois rapporte l'apparition de Makart dans le groupe des artistes: «Dans notre siècle prosaïque et réaliste, c'est une sensation merveilleuse et réconfortante d'assister à l'incroyable ovation qui salua Makart hier. Depuis l'époque de Rubens, on n'avait plus vu un artiste applaudi de telle manière par des centaines de milliers de personnes. Il pouvait être fier, le petit homme à la grande barbe noire, assis sur son cheval blanc harnaché d'or, la main sans cesse à son large chapeau noir pour remercier de tous côtés la foule qui ne cessait de l'acclamer, de toutes les fenêtres, de toutes les tribunes et du milieu du peuple».

Avant le cortège des noces d'argent, aucun défilé en costume historique n'avait eu lieu à Vienne. Seuls les artistes, depuis 1846, célébraient l'anniversaire de la naissance de Dürer, en mai, par un cortège à travers la campagne, dans lequel un maître de cérémonie portait un habit de l'époque de Dürer.

Le cortège historique tel que Makart l'avait organisé en 1879 s'était déjà développé pendant la première moitié du XIXe siècle en Hollande, en Belgique, en Allemagne et en Suisse. A la fin des années 1870, ces manifestations étaient monnaie courante, surtout en Allemagne. Le cortège commémoratif de Vienne se basait indéniablement sur celui qui s'était déroulé à Dresde en 1878 pour les noces d'argent du couple royal de Saxe et où les figurants portaient également des costumes de la Renaissance allemande. Mais si le défilé qui parcourut les boulevards de Vienne est devenu l'exemple par excellence du cortège historique, c'est grâce au génie décoratif de Makart. Alors qu'il résidait à Munich, ce dernier avait participé à des fêtes et cortèges d'artistes. Il s'inspira de ces exemples pour l'organisation de

31

nombreuses festivités, partiellement en vêtements historiques. Ses fêtes de Rubens (milieu des années 1870), auxquelles les invités étaient tenus de porter des vêtements des Pays-Bas au XVIIe *siècle furent particulièrement remarquées. Lors du cortège de 1879, les artistes se distinguaient en portant des vêtements de l'époque de Rubens alors que les participants des autres groupes étaient revêtus de costumes de la Renaissance allemande. C'est précisément cette époque qui devait servir d'exemple pour les cortèges, surtout en raison de l'intérêt porté aux grandes figures impériales comme Charles Quint et Maximilien Ier. Depuis les célèbres fêtes de Dürer (Munich, 1840), les chars et les costumes de presque tous les défilés de style néo-Renaissance copiaient une gravure sur bois de Dürer intitulée* Le char triomphal de l'empereur Maximilien Ier. *Makart et ses collaborateurs purent aisément consulter cette source, puisqu'elle avait était rééditée à Vienne au* XVIIIe *siècle à l'aide de la plaque originale. Parmi les esquisses de costumes, dont la plupart se trouvent au musée d'histoire de la ville de Vienne, il y a plusieurs copies des vêtements du* Char triomphal. *Ceci est surtout vrai pour les porte-drapeau et les sonneurs de trompettes ainsi que pour le groupe de la chasse. Autre source d'inspiration: les cortèges à grande mise en scène, favoris de la peinture historique munichoise, dont le chef était Karl von Piloty, le maître de Makart. Peu avant, Makart avait prouvé qu'il savait peindre des processions majestueuses avec son* Entrée de Charles Quint à Anvers *(1878). Il se basa aussi sur le cortège des corporations, tableau final des* Maîtres Chanteurs de Nuremberg, *opéra exécuté à Munich en 1868. Makart se rattachait ainsi au théâtre wagnérien que soutenait Louis II de Bavière.*

Avec les corporations et les groupes historiques, Makart réunit les deux éléments fondamentaux des cortèges du XIXe *siècle. «Dans une succession apparemment incohérente de groupes individuels, les groupes de la chasse représentent la vie à la Cour de Maximilien, en même temps chef représentatif de la monarchie constitutionnelle, les groupes du commerce et de l'industrie montrent l'ascension de la bourgeoisie, les parties consacrées à l'art et à la science illustrent à la fois l'humanisme et le progrès industriel et technique du présent. Si les chemins de fer et la navigation à vapeur sont présentés par des figurants en costume de la Renaissance, il ne s'agit nullement d'un anachronisme ou d'une fuite hors du présent mais plutôt de l'expression de la foi dans le progrès de l'époque. Les conquêtes techniques du présent sont idéalisées et mises en rapport avec le résultat d'une vision positiviste de l'évolution de la culture bourgeoise».*

En tout état de cause, la bourgeoisie se mettait en scène dans le cortège de Vienne pour exprimer sa confiance en l'avenir et son sens patriotique. Mais, vu les rapports sociaux de l'époque, le décor brillant de cette manifestation masquait une réalité économique moins rose. Les conséquences de la débâcle de l'exposition universelle de Vienne de 1873, qui déboucha sur un krach boursier, n'étaient pas réparées. Il fallait soutenir d'urgence l'économie viennoise et ce n'est qu'à la fin des années 1870 que les suites de ce fiasco s'atténuèrent.

Bien qu'avec ce cortège, les conceptions de Makart n'aient rempli leur fonction génératrice d'idées que lors d'une manifestation éphémère, on reconnut leur immuable valeur artistique intrinsèque. L'appréciation des esquisses en tant qu'œuvres d'art autonomes s'inscrit généralement dans les aspects nouveaux de l'art au XIXe *siècle. Précisément, avec Makart, la frontière entre le projet peint et le tableau en forme d'esquisse est très floue. La virtuosité de son coup de pinceau (ce qui est dû à la collaboration d'autres artistes est toujours visible dans ses tableaux) se déploie au maximum dans cette commande exécutée en un délai très bref. Après le cortège, Makart compléta ses projets et les marqua de son monogramme. Le conseil communal avait l'intention de les utiliser pour décorer la salle de réception du nouvel hôtel de ville de Vienne. Mais ce projet avorta en raison des exigences financières prétendument exagérées du peintre.*

Les premiers documents relatifs au cortège parurent alors que Makart travaillait encore à ses esquisses. C'est ainsi que les gravures de l'éditeur viennois Angerer donnent l'état original des projets. Un nombre presque incalculable de publications furent éditées jusqu'au jour de la manifestation. L'intérêt intense et constant pour les illustrations de la cérémonie montre la popularité de cet événement artistique, à propos duquel des articles parurent en langue étrangère. La presse quotidienne, très zélée, joua un rôle non négligeable dans la publicité du projet de Makart. L'ouvrage le plus détaillé consacré au défilé fut édité par le conseil communal: neuf fascicules parurent à partir de 1880. C'est ainsi que ces «tableaux vivants dans les boulevards» sont parmi les publications les mieux documentées sur l'art viennois de la seconde moitié du XIXe *siècle.*

Renata Kassal-Mikula

33
Reliure d'une adresse

Eau-forte
H. : 47 cm, l. : 35 cm

Cette adresse fut dédiée par la ville de Vienne à leurs majestés impériales et royales François-Joseph Ier et Elisabeth pour leurs noces d'argent. Le projet de reliure en argent, avec émail limousin, coraux et perles, est dû à Josef Storck.
Le travail de l'argent est dû au professeur Stefan Schwartz, celui de l'émail au professeur Hans Macht. L'assemblage a été réalisé par la maison Paul Pollack.
La cassette présentée contenait une documentation luxueuse sur le cortège décrit aux nos 31 et 32 du présent catalogue.

Museum für angewandte Kunst, Vienne.

Bibliographie :
Arbeiten der österreichischen Kunst-Industrie aus den Jahren 1868-1893, *Cahier III, page 21.*

Josef Storck naquit à Vienne en 1830 d'un père horloger et mourut en 1902. Il étudia la décoration et l'architecture et travailla pour le bureau Van der Nüll. Il conçut une grande partie de l'aménagement intérieur de l'Opéra de Vienne. Directeur de la section artisanale de l'école du Musée impérial et royal des arts décoratifs de Vienne (aujourd'hui Musée des arts appliqués), il fit les projets de nombreux cadeaux en hommage à la famille impériale ou sur l'ordre de celle-ci. Il fit attester tous ses projets dans un dossier luxueux reprenant les objets remarquables de l'artisanat autrichien sous le titre « Arbeiten der österreichischen Kunst-Industrie aus den Jahren 1868-1893 ».
Nous présentons ici un choix de six cadeaux somptueux.
Voir également les nos 34, 39, 44, 45, 46.

34
Coupe

Eau-forte
H. : 60 cm

Cadeau d'hommage de la ville de Vienne au professeur Hans Makart en remerciement pour le cortège organisé par ses soins en 1879.
(Voir catalogue nos 31 et 32.)
Le projet de cette coupe en argent est dû au professeur Storck, le modèle et l'exécution au professeur Stefan Schwartz.
Gravure Woernle.

Museum für angewandte Kunst, Vienne.

Bibliographie :
Arbeiten der österreichischen Kunst - Industrie aus den Jahren 1868- 1893, *Tome V / Page XLI*

35
Projet de croix pectorale

A.E. Köchert
Vers 1880
Papier à dessin moucheté bleuâtre
Couleurs : lilas, or, blanc et noir.
13,7 cm x 21,2 cm
Travail des Ateliers A.E. Köchert, Vienne.

Croix en or sertie de brillants et améthystes foncées de Sibérie. Elle est surmontée de l'aigle bicéphale portant la couronne impériale d'Autriche en brillants.
Ce beau travail d'orfèvrerie en améthystes taillées en table se base sur une croix pectorale de l'empereur Charles VI (vers 1700).
L'empereur François-Joseph offrait cette croix aux membres de la haute hiérarchie catholique.

Collection privée Irma Köchert-Hauser, Vienne.

LES JOAILLIERS KÖCHERT

En 1819, Jacob Heinrich Köchert quitta Riga pour s'établir à Vienne auprès d'Emanuel Pioté, qui devait devenir son beau-frère. C'est de cette époque que date la firme. Elle s'appelait d'abord Pioté et Köchert. Elle fabriquait des bijoux et exécutait des travaux d'orfèvrerie.
En 1831, l'empereur accorda à cette firme le titre de joaillier de la Cour et, à partir de ce moment, elle réalisa des parures précieuses pour les quatre empereurs qui devaient encore se succéder et pour la Cour.
En 1848, Emanuel Pioté se retira. Son fils Alexandre devint compagnon dans la firme Köchert et Fils et obtint le titre de joaillier impérial.
Après la mort de son père Jacob Heinrich Köchert, le fils reprit la firme de 1869 à 1879 sous le nom de A.E. Köchert, qu'elle porte encore aujourd'hui.
Lors de l'exposition universelle de Vienne, en 1873, elle obtint une médaille pour les objets exposés et fut classée parmi les cinq meilleures joailleries du monde (les autres étant Boucheron, Castellani, Fontenay et Mellerio). C'est sur les projets de Köchert que les éléments les plus précieux des bijoux de la couronne autrichienne furent réalisés. Ses fils Heinrich et Théodor créèrent le diadème de brillants de l'impératrice Elisabeth. D'autres maisons royales d'Europe possèdent encore des œuvres de cette firme, qu'elles les aient acquises elles-mêmes ou les aient reçues en cadeau de l'empereur d'Autriche, ce qui est le cas des bijoux de la couronne bulgare.
Voir également les nos 41, 42, 47, 48, 54, 56, 57, 59, 63, 64, 65, 66, 67.

I. Hauser-Köchert

36
Vase décoratif

Eau-forte
Cristal taillé avec monture émaillée d'après des projets du professeur Hermann Herdtle, réalisé par J. et L. Lobmeyr. La monture est de la maison Ratzersdorfer.
A l'occasion des noces du prince héritier Rodolphe, le 10 mai 1881, la Chambre du commerce et de l'industrie autrichienne offrit aux jeunes époux un magnifique vase en cristal.
Ce vase est un exemple typique de transposition libre du style Renaissance. Il a été conçu comme pièce d'apparat pour l'Exposition universelle de Paris en 1878.

Museum für angewandte Kunst, Vienne.

Bibliographie:
Arbeiten der österreichischen Kunst - Industrie aus den Jahren 1868- 1893, *Cahier IV / Page XXXII*

37
Vœux adressés par les paroissiens de Santa Maria dell' Anima (Rome) à l'occasion des noces de l'archiduc Rodolphe et de la princesse Stéphanie de Belgique, le 10 mai 1881

Parchemin
22 x 34,5 cm

A son Altesse impériale et royale l'archiduc Rodolphe.
L'église nationale allemande de Santa Maria dell' Anima de Rome, placée sous la très haute protection de sa majesté apostolique impériale et royale, appelle en ce jour la bénédiction du ciel sur votre Altesse et sa future épouse.
Qu'il soit permis à notre communauté, pour exprimer modestement ses vœux, qu'elle souhaite renouveler à l'occasion des noces d'argent et d'or, d'offrir sa médaille en argent et en or, afin que votre Altesse impériale se souvienne toujours qu'au centre de la chrétienté catholique des cœurs autrichiens et allemands confient sans cesse le bien de l'héritier du trône de son très haut protecteur à la bienveillance de la Sainte Mère de Dieu.
Les très respectueux serviteurs de votre Altesse,

Signatures

Ehemaliges Hofmobiliendepot, Vienne.

38
Etui en velours

Décoration en cuir, velours et métal
15,5 x 17,5 x 4 cm
Inv.: succession de son altesse impériale et royale, l'archiduc Rodolphe, prince héritier, 128

Une inscription indique que cet objet a été offert par la baronne Sturmfeder le 3 février 1867. L'étui contient un décodeur de messages secrets.

Ehemaliges Hofmobiliendepot, Vienne.

39
Buffet à aquarelles

J. Storck
Eau-forte
H.: 253 cm, l.: 185 cm, profondeur 86 cm

Projet du professeur Josef Storck. Cette armoire en ébène avec marqueterie de couleur en relief sur fond de noyer et riches décorations en argent fut offerte en cadeau de noces par les représentants du commerce et de l'industrie de Vienne à son altesse impériale et royale l'archiduc Rodolphe, prince héritier. L'ébénisterie est de Franz Michel, la marqueterie figurative du professeur Klotz, le travail ornemental de Johann Schindler. Les incrustations décoratives en argent, en partie repoussées et en partie ciselées, sont de Stefan Schwartz. Les modèles des figures réalisées en argent sont du professeur F. Weyr. Les peintures sont dues à Hans Canon.

Museum für angewandte Kunst, Vienne.

Bibliographie:
Arbeiten der Österreichischen Kunst-Industrie aus den Jahren 1868- 1893, *Page XLVIII*

BUFFET A AQUARELLES

Le buffet a été offert à l'archiduc Rodolphe et à la princesse Stéphanie de Belgique, princes héritiers, à l'occasion de leur mariage le 10 mai 1881 par les industriels et les négociants viennois. Il est décoré dans la tradition baroque de divers motifs allégoriques dont les thèmes font référence aux noces et aux milieux des donateurs. Ainsi la peinture frontale «Cortège du mariage», due à Canon, rappelle qu'il s'agit d'un cadeau de mariage. Des deux côtés du panneau central, des niches accueillent des figures en argent de jeunes guerriers, partiellement dorées, lesquelles portent les armoiries des deux maisons (Habsbourg-Lorraine et Brabant, Saxe-Cobourg-Gotha), réalisées en émail. De même, les initiales en argent des deux noms se retrouvent à plusieurs reprises. Les peintures latérales de Canon, par contre, illustrent le commerce (à gauche) et l'industrie d'art (à droite). Les deux amours, également coulés dans l'argent, qui apparaissent sur le fronton évoquent l'artisanat et les beaux-arts. La partie du corps inférieur résume une nouvelle fois ces thèmes en une grande composition allégorique. Entourée d'un cartouche à rouleaux Renaissance, une plaque d'argent ovale martelée montre les armes des familles princières alliées, tenues par des amours et assorties de l'emblème du commerce et de l'industrie. Mais nous n'en avons pas terminé avec le buffet. En effet, il faut préciser qu'il servait à conserver une collection d'aquarelles et qu'il était aménagé en conséquence à l'intérieur. Les peintures étaient gardées verticalement entre des glissières dans la partie supérieure du meuble, dont les portes se trouvent des deux côtés. Le corps inférieur qui s'ouvre vers l'avant comporte des tiroirs qui peuvent accueillir d'autres aquarelles. Des plaques d'argent apposées à l'intérieur des trois portes mentionnent les noms des artistes qui ont collaboré à la réalisation de ce meuble splendide, ceux des auteurs des aquarelles ainsi que ceux des personnalités et des firmes qui se sont associées pour offrir ce cadeau. Du point de vue du style, le buffet présente un mélange d'éléments Renaissance et baroques. Pour le concept de base, l'auteur du projet s'est inspiré des cabinets maniéristes français. La réalisation rivalise avec les splendides meubles Louis XIV par l'emploi de matériaux aussi précieux que l'ébène et l'argent mais aussi au plan de la forme et par le recours aux allégories. De même, les peintures de Canon dénotent une conception baroque, rappelant Rubens. Quand on compare ce buffet au cabinet somptueux (nº 26 du catalogue), commandé dix ans plus tôt par l'empereur, on constate une certaine désaffection pour les éléments strictement Renaissance au profit du baroque et une augmentation considérable du niveau technique, lequel atteint la perfection. Car la qualité de l'exécution est unique et constitue un sommet du savoir-faire des artisans viennois qui ne sera plus jamais égalé et, à plus forte raison, dépassé par la suite. Ces qualités sont le résultat de l'enseignement dispensé à l'École des arts décoratifs de l'Österreichisches Museum où les exécutants travaillaient ou avaient été formés. La présente œuvre est un des plus beaux fleurons de cette institution. Nous n'en voulons pour preuve que la ciselure extrêmement précise de l'argent et la finesse non seulement des ornements d'argent mais aussi de la marqueterie en relief d'un nouveau genre et des rinceaux sur les frises horizontales.

Bibliographie:
***Mitteilungen des k.k. Österreichischen Museum* 1880, 15e année, p. 234; 1881, 16e année, p. 346; *Arbeiten der österreichischen Kunst-Industrie* 1893, Cahier 5, page 48.**

40
«Villa Waldruh», avant-projet de la villa Hermès

Karl von Hasenauer, 1882
Dessin à la plume, en brun, signé et daté: Hasenauer, 26.1.1882
50 x 42 cm

La villa Hermès fut commencée en 1882 sur l'ordre de François-Joseph. La construction se termina en 1883 et la villa fut offerte à l'impératrice Elisabeth. L'isolement du jardin zoologique de Lainz, à l'ouest de Vienne, était idéal pour une impératrice désireuse de se soustraire au protocole de la Hofburg et de Schönbrunn. L'aménagement intérieur fut terminé en 1886. La villa doit son nom à la statue d'Hermès, du sculpteur berlinois Ernst Herter, élevée en 1888.
En offrant ce cadeau, l'empereur espérait retenir l'impératrice plus longtemps que d'habitude à Vienne mais ses souhaits ne se réalisèrent pas.
François-Joseph confia la réalisation de ce projet privé à des artistes dont le style correspondait à ses goûts: Karl von Hasenauer pour l'architecture, Viktor Tilgner pour la sculpture et Hans Makart pour la peinture et l'aménagement intérieur. Il se laissa guider par leur sens de la décoration et de la couleur ainsi que par leur penchant néo-baroque. Selon les souhaits du maître de l'ouvrage, Hasenauer créa un bâtiment dont les dimensions n'étaient nullement celles d'un château mais plutôt celles d'une maison de bourgeois cossus. Vienne et ses environs comptaient un certain nombre de bâtisses de cette importance.

R. Kassal-Mikula

Collection privée, Vienne.

41

42

43

41
Projet de pendentif

A.E. Köchert
Papier transparent, plume, encre de Chine noire sur carton blanc
H. : 12 cm; l. : 8,5 cm
Signé : A. E. Köchert, Vienne, vers 1885.

A différentes occasions, l'impératrice Elisabeth aimait offrir ce bijou reproduisant son monogramme en brillants, sur fond d'émail, entouré de brillants.

Collection privée Irma Köchert-Hauser.

42
Cadre en or, avec portrait

Photo sur carton gris. 34,6 x 45 cm

Ce cadeau de l'empereur François-Joseph à l'empereur d'Allemagne Guillaume II a été réalisé dans l'atelier A.E. Köchert à Vienne. Le projet est de W. Haarstrick. Le cadre contient un portrait de l'empereur François-Joseph dû à Kobierski (1888).
Cette œuvre appartient au style de la Cour de Vienne, caractéristique d'une authentique exécution artisanale et d'un projet artistique. Le traitement libre de la feuille d'acanthe et de la courbe est dû à l'influence baroque que l'on retrouve dans l'architecture impériale et dans le mobilier de l'époque. Cette œuvre appartient à l'apogée du style historique. Elle est en or, brillants, perles, rubis, saphirs et émaux rouges et blancs.

Collection privée, Irma Köchert-Hauser, Vienne.

43
Pipe d'écume

J. Gross, Olmütz, 1888
Inv. N° Dep. Prot. 1195/888

La pipe d'écume de Johann Gross d'Olmütz a été offerte à François-Joseph Ier à l'occasion de ses 40 années de règne. Elle est décorée de nacre et d'argent.

Kunsthistorisches Museum, Sammlung für Plastik und Kunstgewerbe, Vienne.

44
Cassette

J. Storck
Chevreau, dorure au tampon, garnitures en argent
Projet conçu par Josef Storck et réalisé par Julius Franke
27 x 32,5 x 22 cm
Vienne, 1889
Inv. Leder 276

Le couvercle bombé est divisé en quatre cases par des côtes de cuir transversales. La décoration de toutes les surfaces du couvercle et des côtés fait appel aux mêmes ornements. Des pièces d'assemblage entrecroisées constituent le cadre de base du compartimentage. Ces compartiments sont assortis de motifs représentant des éléments mauresques. Ainsi que le précisent les inscriptions figurant sur les côtés de la cassette, l'objet a été offert au Musée impérial et royal autrichien à l'occasion du 25e anniversaire (1864-1889). L'intérieur est tendu de satin bleu foncé.

Museum für angewandte Kunst, Vienne.

Bibliographie:
Arbeiten der österreichischen Kunst-Industrie, *1893, cahier 2, page 15.*

45
Reliure

J. Storck
Cette reliure était destinée à une histoire illustrée de la section artisanale du Musée impérial et royal des arts décoratifs. Elle fut offerte par les élèves à son altesse impériale et royale l'archiduc Rainier.
Reliure en argent, avec émail limousin et sertissage de pierres, du professeur J. Storck.
La partie figurative en argent fut exécutée d'après des projets du professeur Stefan Schwartz et sous la direction de celui-ci par les élèves R. Cizek, Fr. Lischka, A. Neuhofer et E. Nowak. La partie ornementale est due aux élèves L. Ellinger, Jos. Hirsch et Fr. Smejda.
La peinture des émaux, conçue par le professeur Karl Karger, fut exécutée sous la direction du professeur Hans Macht.
Assemblage de la maison Paul Pollack.

Museum für angewandte Kunst, Vienne.

Bibliographie:
Arbeiten der österreichischen Kunst-Industrie aus den Jahren 1868-1893, *tome 1 / page 1.*

46
Lutrin

J. Storck
Offert à son altesse impériale et royale l'archiduc Rainier avec l'histoire de l'Ecole des arts décoratifs.
Le projet de lutrin avec une plaque escamotable est de la main du professeur J. Storck. Le modèle est dû au professeur Hermann Klotz.
Réalisé en noyer. La sculpture a été faite sous la direction du professeur Klotz par les élèves Franz Barwig, Ferdinand Stabinger et J. Uhlick.
Travaux d'ébénisterie des firmes Franz Michel et Heinrich Trötscher.

Museum für angewandte Kunst, Vienne.

Bibliographie:
Arbeiten der österreichischen Kunst-Industrie aus den Jahren 1868- 1893, *tome 1 / page 2.*

47
Projet de cassette en or

A.E. Köchert
1890
Carton gris, gouache multicolore
28,7 x 24 cm

Cadeau de l'empereur d'Autriche François-Joseph au tsar de Russie Alexandre III en 1890.
Réalisation de A.E. Köchert, Vienne.
Projet de W. Haarstrick.
Cette cassette en or est décorée de perles, rubis, saphirs, brillants, émaux blancs, rouges et verts. Les amours, têtes de lion et griffons sont coulés en or.
Apogée du style historique de la cour de Vienne.
Avec le cadre et la croix réalisée pour le pape Léon XIII (3 kg d'or fin), cette cassette est l'une des œuvres les plus précieuses de la firme Köchert.

Collection privée, Irma Köchert-Hauser, Vienne.

48
Projet de bracelet en or

A.E. Köchert
Carton gris
Couleurs: blanc, rouge, bleu et or
14 x 28,2 cm

A.E. Köchert, Vienne, 1895.
Ce bracelet porte les initiales de l'impératrice Elisabeth. Il est réalisé en rubis, brillants et émail bleu.
L'introduction des initiales dans le bracelet était une habitude de la firme depuis 1825. Cadeau de l'empereur François-Joseph.

Collection privée, Irma Köchert-Hauser, Vienne.

49
Coffret à couvert pour 6 personnes

A. Weitmann
Ivoire, acier dans une cassette de cuir
Vienne, 1898
Inv. N° 180.386

Pour ses 50 ans de règne, l'empereur François-Joseph, qui était un grand chasseur, reçut de la corporation des orfèvres de Vienne un coffret contenant un couvert de chasse pour 6 personnes. Ce superbe couvert est en acier. Les manches en ivoire portent le profil de l'empereur jeune (1848) et à un âge plus avancé (1898).

Ehemalige Hofsilber- und Tafelkammer, Vienne.

50
Hommage des chasseurs

Zygmunt Ajdukiewicz
Eau-forte, 1898
Inv. N° MD 38.984

La chasse était la seule passion de l'empereur François-Joseph. Pour ses cinquante ans de règne, les chasseurs lui écrivirent une adresse en hommage.
Le tableau représente la remise de cette adresse au parc de Schönbrunn.

Ehemaliges Hofmobiliendepot, Vienne.

51
Vase décoratif

Porcelaine - Décor doré sur fond bleu
Legs Petznek
H. : 102 cm
∅ 44 cm

La face avant représente l'empereur Guillaume Ier, la face arrière un château prussien. Il s'agit d'un cadeau de l'empereur Guillaume Ier à l'empereur François- Joseph.

Ehemaliges Hofmobiliendepot, Vienne.

Bibliographie:
Österreich unter Kaiser Franz Joseph I, *exposition, château de Pottenbrunn, 1978/79, cat. n° 538.*

52
Grand vase à couvercle

Porcelaine décorée
H. : 130 cm
Inv. N° TB 73

A l'avant, le vase représente l'hommage des soldats du 2e régiment de grenadiers prussiens devant le buste de l'empereur François-Joseph Ier. A l'arrière, on peut lire une inscription en lettres d'or:
« A sa Majesté l'Empereur d'Autriche, Roi de Hongrie, François-Joseph Ier, à l'occasion de ses 50 ans de commandement du régiment, le corps des officiers du 2e régiment de grenadiers prussiens, 1849, 11 janvier 1899 ».

Ehemaliges Hofmobiliendepot, Vienne.

53
Vase

Porcelaine peinte, multicolore
H. : 104 cm
∅ 46 cm
Marque: KPM, Berlin
Inv. N° TB 66

Ce vase de porcelaine verte en style Empire est composé de quatre parties. Les dessins représentent le nouveau palais de Postdam et le château royal de Sans-Souci. Le vase est un cadeau de l'empereur Guillaume II à l'empereur François-Joseph.

Ehemaliges Hofmobiliendepot, Vienne.

54

54
Projet de cadre miniature

A.E. Köchert
Carton chamois
24,9 x 20,9 cm
Vienne

Cadeau de l'empereur François-Joseph vers 1900.
Double encadrement de brillants, rubis et saphir.
Cadre en émail blanc, rouge et vert avec la couronne impériale.

Collection privée, Irma Köchert-Hauser, Vienne.

55
L'impératrice Elisabeth

A. Bianchi
Copie miniature du mémorial de Hellmer à Salzbourg (vers 1901).
Stuc, H. : 50 cm ; socle, H. : 14 cm
Inscription sur le socle : cop. nach Edmund Hellmer fecit 1900 - A. Bianchi
Inv. N° TD 103

L'impératrice Elisabeth fut assassinée à Genève, le 10 septembre 1898, par l'anarchiste Luccheni.
Cette mort dramatique donna lieu à l'érection (ou tout au moins au projet de construction) de monuments à de nombreux endroits.
A Vienne, Otto Wagner et Friedrich Ohmann s'attachèrent très rapidement à honorer la mémoire de l'impératrice défunte.
E. Hellmer créa en 1900 l'une des statues les plus impressionnantes pour Salzbourg.
Le grand maréchal de la cour, le baron Frans von Nopcsa, et une familière de l'impératrice, Ida von Ferenczy, offrirent une statue de marbre grandeur nature à l'église Sainte-Elisabeth de Budapest. Une réplique en plâtre se trouve au musée commémoratif de l'impératrice à Budapest, une autre à la Hofburg de Vienne.
La petite copie en biscuit existe en plusieurs exemplaires. C'est une paraphrase du monument de Salzbourg.

Ehemaliges Hofmobiliendepot, Vienne.

56
Projet d'aigrette

A.E. Köchert
Email ajouré
Vers 1902

Carton blanc, crayon violet et or
22,2 x 18,3 cm
Réalisé par la firme A.E. Köchert, Vienne

Parure de coiffure en émail ajouré avec brillants de 3 6/16 carats.
Travail d'une qualité exceptionnelle.
On s'étonnera de la modernité du projet commandé par l'empereur François-Joseph.

Collection privée, Irma Köchert - Hauser, Vienne.

56

57

58

57
Projet de bague

A.E. Köchert
Carton à dessin blanc
Couleurs: jaune, lilas, noir et blanc
11 x 10,2 cm

Cadeau de l'empereur François-Joseph à un membre de la haute hiérarchie ecclésiastique.
Ce travail d'orfèvrerie des ateliers A.E. Köchert de Vienne est réalisé en feuilles émaillées entourant une grande améthyste. La forme de ces feuilles émaillées était utilisée par la firme depuis 1820 et s'appelait «fleur de persi».

Collection privée, Irma Köchert-Hauser, Vienne.

58
Projet de broche ou de pendentif

A.E. Köchert, 1903
Carton chamois; crayon, jaune et noir
12,7 x 15,9 cm

Bijou portant les initiales F.J.I. (François-Joseph Ier). Cadeau en or pour dédicataires triés sur le volet. Monogramme en brillants et émail rouge.

Collection privée, Irma Köchert-Hauser, Vienne.

59
Projet de cadre miniature

Köchert, Vienne 1905
Carton blanc, crayon
15,1 x 23,4 cm
Or, émail, brillants

Ce cadre en Jugendstil viennois fut offert à l'occasion des noces d'un prince bavarois. Les formes enchevêtrées et compliquées sont influencées par l'Art nouveau parisien. Par la suite, la firme Köchert se tournera vers les formes un peu plus paisibles des Wiener Werkstätte.

Collection privée, Irma Köchert-Hauser, Vienne.

60
Coffre: Etendards célèbres des compagnies de tir tyroliennes

Illustrations sur bois
H.: 36 cm; L.: 70 cm; P.: 54 cm
Contenu: 25 aquarelles de Thomas Walch (1867-1943)

Cadeau offert à l'empereur François-Joseph Ier.

Le voyageur étranger qui arrive au Tyrol aujourd'hui a l'impression que les défilés de compagnies de tir, en vêtements folkloriques et arborant des étendards, ne sont que l'expression d'une pittoresque tradition festive. Ceci correspond en grande partie à la réalité actuelle.
Cependant, jusqu'en 1918, les sociétés de tir tyroliennes étaient un élément constitutionnel de la politique défensive basée sur les dispositions relatives à la défense nationale adoptées en commun par l'empereur Maximilien Ier et les territoires tyroliens (1511). Il est significatif que les membres de ces compagnies s'imposèrent volontairement ce service alors qu'ils étaient trop jeunes ou trop âgés pour être soumis à l'obligation militaire générale.
Dans cet état d'esprit, la donation d'une représentation des plus anciens parmi les étendards à l'empereur François-Joseph Ier pour ses soixante ans de règne n'est qu'accessoirement un geste folklorique. Il s'agit principalement de l'expression artistique, par la libre appartenance à une société de tir, de la volonté de défendre la patrie tyrolienne, c'est-à-dire l'un des pays dépendant de la couronne impériale d'Autriche.
L'efficacité de ce moyen de défense fut notamment prouvée en 1915.
C'est en raison de l'âge des étendards que ces illustrations furent choisies pour être offertes à l'empereur. Ces 25 drapeaux ont tous été portés à la tête de leur compagnie au cours des combats livrés pour la liberté du Tyrol (de 1796-1797 à 1809).
Les plus anciens sont ceux des villes de Lienz (vers 1600) et Kupstein (1684) ainsi que ceux des communes rurales de Sand in Taufers et Eppan (tous deux de 1703). L'origine de ces drapeaux montre bien que les compagnies de tir couvrent toute l'étendue de l'ancien Tyrol, non divisé, au nord et au sud du Brenner. Enfin, il faut présenter le peintre de ces drapeaux. Il s'agit de Thomas Walch (1867- 1943), originaire d'Imst im Oberinntal, dont Frans von Defregger reconnaissait le talent. L'œuvre exposée ici valut à son auteur une épingle avec brillant. Les personnages représentés ici ne sont ni des figures de fantaisie ni des héros anciens, mais les véritables porte-drapeau de 1908.

F.-H. Hye

Museum österreichischer Kultur, Eisenstadt.

61
Coffre - Adresse de félicitations

Laiton, bronze, marbre, émail
H.: 127 cm; L.: 90 cm; P.: 80 cm
Sign: «invenit et fecit Franz Matsch 1908»
1908

Pour ses soixante ans de règne, l'empereur François-Joseph Ier reçut ce coffre luxueux de la part de la ville de Vienne.
Ce coffre est un excellent exemple du Jugendstil viennois.

Museum österreichischer Kultur, Eisenstadt.

62
Vase à couvercle

Porcelaine blanche partiellement peinte, avec décor floral
Meissen
H.: 134 cm
∅ 49 cm
Inv. N^o^ V fr. K. 66

Ce vase blanc décoré de motifs végétaux et d'animaux présente une vue en couleurs des châteaux de Moritzburg et Pillnitz. Sur le couvercle est assis un personnage féminin avec une corne d'abondance. Ce vase fut offert par le roi de Saxe à l'empereur François-Joseph Ier d'Autriche pour le 60e anniversaire de son règne en 1908.

Ehemaliges Hofmobiliendepot, Vienne.

63
Projet de chaîne de lorgnon

A.E. Köchert
Carton blanc, aquarelle avec couleur or
L.: 9,8 cm; l.: 20,6 cm
Vienne, 1910

La chaîne comprend des améthystes, des dents de cerf et des feuilles d'or. Ce cadeau de l'empereur François-Joseph à Katharina Schratt a été réalisé vers 1910 dans le style des Wiener Werkstätte, dont il reprend la préférence pour les améthystes et les formes carrées. L'utilisation des dents de cerf par la firme remonte à 1825. La noblesse et la cour de Vienne aimaient utiliser des parures de chasse de ce type.

Collection privée, Irma Köchert-Hauser, Vienne.

64
Projet de diadème en brillants

A.E. Köchert
Encre de Chine sur fond noir
41 x 21,3 cm
Vienne, 1911

Le diadème fut commandé par l'empereur François-Joseph à l'occasion du mariage de l'archiduc Charles François Joseph (le futur empereur Charles) d'Autriche et de la princesse Zita de Bourbon Parme.
Cette pièce n'est pas caractéristique des diadèmes autrichiens de l'époque étant donné que, stylistiquement, elle se rapproche très fort du Jugendstil.
Cette parure peut être montée de diverses manières, en petit diadème, broche ou bandeau.

Collection privée, Irma Köchert-Hauser, Vienne.

65
Projet de collier

A.E. Köchert
Photographie sur carton blanc
32,8 x 24,8 cm
Vienne, 1912

Le grand maréchal de la Cour acheta ce collier le 19 août 1912 pour une petite-fille de l'empereur, selon le désir de François-Joseph.
Brillants. Collier démontable. Saphir en forme de goutte.
A cette époque, la firme Köchert réalisa beaucoup de cadeaux pour les noces des nombreux petits-enfants de l'empereur.

Collection privée, Irma Köchert-Hauser, Vienne.

64

65

66
Projet de diadème

A.E. Köchert
Brillants montés sur platine
Papier à projet jaune; couleurs: blanc, gris, noir
34,4 x 15,7 cm
Vienne, 1912

Cadeau de l'empereur François-Joseph (registre des clients, page 187, 20.11.1912). Diadème en forme de guirlande, en brillants et platine. Le platine se travaillait depuis 1825 à Vienne et permettait de réaliser des montures extrêmement fines.
La haute qualité artisanale supplante de plus en plus les projets artistiques, spécialement pour les parures précieuses qui sont conçues pour plusieurs générations.

Collection privée, Irma Köchert-Hauser, Vienne.

67
Projet de décoration

A.E. Köchert
Papier blanc, crayon, aquarelle en rouge, vert, jaune, bleu sur carton blanc
16,4 x 22,8 cm
Vienne, 1914

Pendant les années de guerre, la firme fabriqua moins de bijoux et davantage de hautes décorations en brillants.
Certaines furent notamment réalisées pour les maréchaux von Hindenburg et Mackensen.

Collection privée, Irma Köchert-Hauser, Vienne.

68
Manteau de berger

Feutre
L.: 121 cm (jusqu'au col); l.: 172 cm (y compris les manches)
Inv. N° 92.359 a, b

Feutre blanc, ouvert à l'avant. Fente à l'arrière. Col bas, manches courtes. Décoration de bandes de tissus cousues et de cordons; broderie; doublure rouge.
Ceinture formée de plusieurs cordons: longueur environ 286 cm.
Cadeau du tailleur Ludwig Baranyi à l'occasion du couronnement de l'empereur Charles et de son épouse.

Museum für Völkerkunde, Ethnographisches Museum, Schloss Kittsee.

66

67

70

69
Gourde

Bois, recouvert de peau brune
H. : 29,3 cm ; l. : 24,8 cm
Inv. N° 92.360

L'objet a la forme d'un ovale large avec pied et goulot court entouré d'une courroie de cuir à partir de laquelle, sur chacun des flancs, descendent huit courroies vers un cercle de cuir brodé.
Le bouchon de bois, pratiquement hémisphérique, est recouvert d'une peau brune avec cordelettes de cuir reliées à la courroie. La courroie qui entoure la gourde est attachée par une boucle à une bandoulière, ajourée et brodée. Les pendants de cuir tressé qui se trouvent au bout comportent une petite plaque de cuir rouge insérée dans un ovale et portant une inscription gravée en or.

Cadeau du tailleur Ludwig Baranyi à l'occasion du couronnement de l'empereur Charles et de son épouse.

Museum für Völkerkunde, Ethnographisches Museum, Schloss Kittsee.

70
Service à café

Roche noire dite « pierre de Moïse », découverte à Nebbi Musa près de Jéricho
Inv. N° 12.740

Ce cadeau a été offert par la communauté israélite austro-hongroise de Jérusalem à l'occasion des noces d'argent de l'empereur François Joseph.
Le service compte 38 pièces (un plateau, un sucrier, 12 tasses sans anses, 12 soucoupes et 12 petites tasses avec anses). La bibliothèque des fidéicommis de la famille royale et impériale l'a confié en 1881 à la section d'anthropologie et d'ethnographie du Musée d'histoire naturelle.

Museum für Völkerkunde, Vienne.

BENIN

71
Salière en ivoire

Bulom - Sierra Leone
H. : 22,5 cm ; ∅ 8 cm
XVIe siècle
Inv. N° 118.609 a/b

En deux parties. Le socle est un cylindre auquel sont adossés deux nus masculins et un nu féminin. Leurs têtes supportent un disque orné de motifs géométriques. Des barres sculptées séparent les figures. Au-dessus, un couvercle de forme quasi hémisphérique porte également des motifs géométriques. Le tout est couronné d'un petit éléphant debout touchant le sol de la trompe et de la queue, monté par un homme coiffé et portant une culotte.

Collection Dietrich (Palais Feistritz). Museum für Völkerkunde, Vienne.

72
Salière

Origine probable : Bulom - Sierra Leone
XVIe siècle
H. : 24 cm
∅ 8 cm
Inv. N° 63.468

Ivoire sculpté. Deux parties. La base conique porte trois personnages humains et quatre animaux au-dessus desquels pendent quatre serpents. Sur la partie supérieure, un homme assis fume une longue pipe.

Collection d'Ambras. Museum für Völkerkunde, Vienne.

71

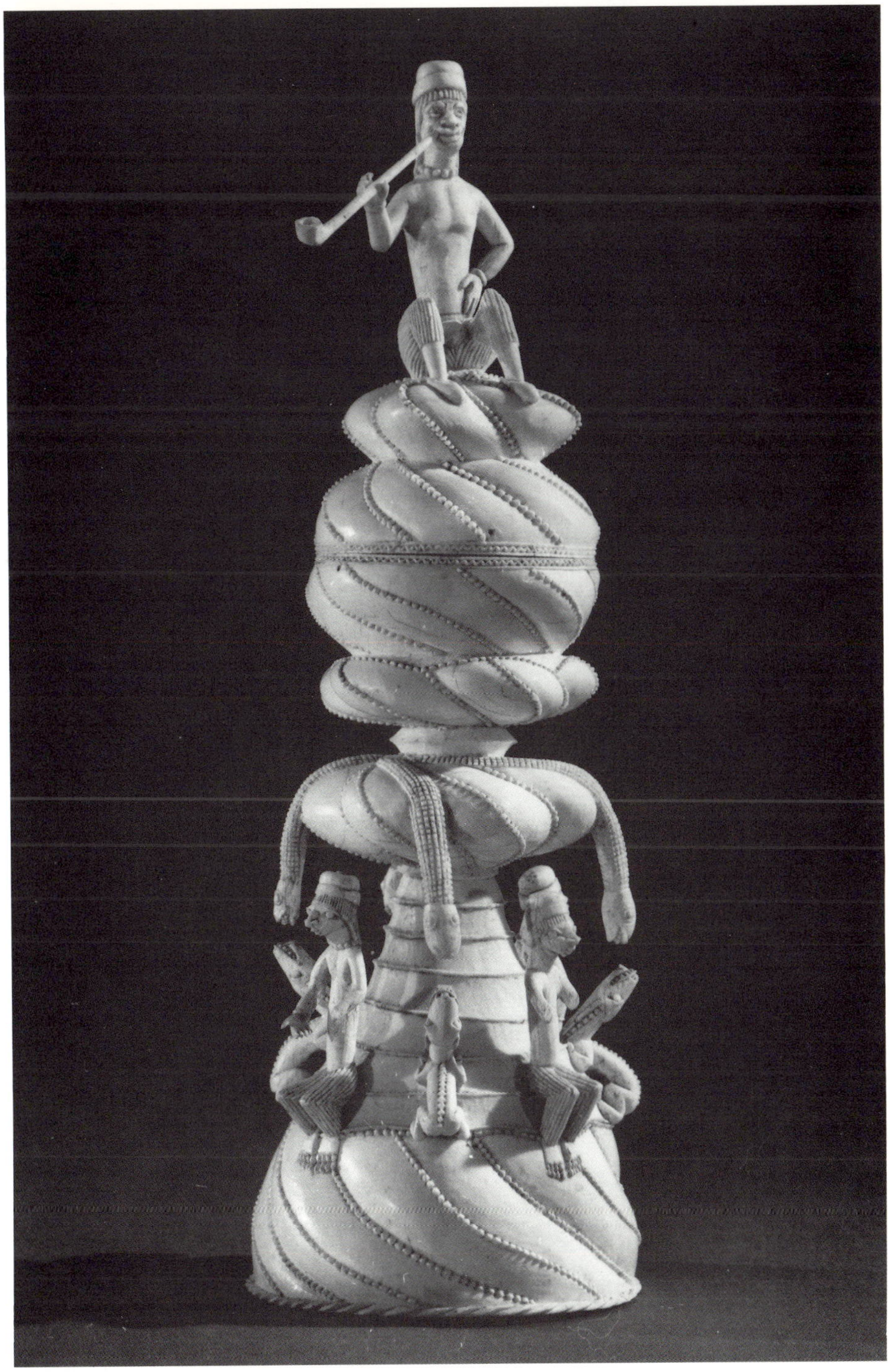

72

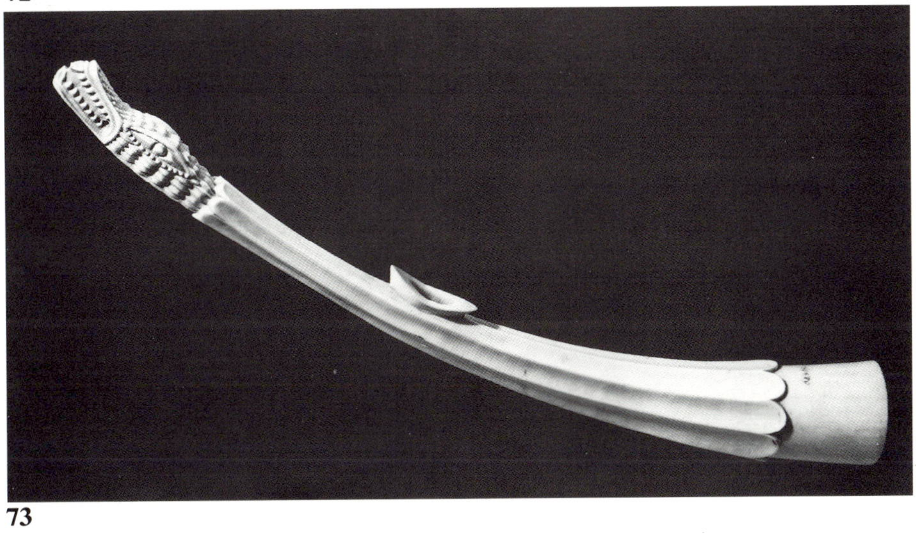

73

73
Cor « traversier »

Origine probable : Bulom - Sierra Leone
XVIe siècle
L. : 71 cm
Inv. N° 63.467

Cor en ivoire, légèrement recourbé. L'extrémité en pointe est formée d'une tête de crocodile sculptée sur laquelle s'emboîte l'instrument proprement dit avec ses huit facettes latérales lisses et concaves. L'embouchure légèrement saillante, en forme de petite barque, se trouve dans la courbe.

Collection d'Ambras
Museum für Völkerkunde, Vienne.

74
Cuiller en ivoire

Bénin - XVIe siècle
L.: 23 cm
Inv. N° 91.912

La partie creuse est oblongue et se rétrécit vers le haut. Le manche sculpté se termine par une boule portant un animal semblable à un loup.

Museum für Völkerkunde, Vienne (précédemment dans une collection de la maison impériale).

75
Fourchette en ivoire

Bulom - Sierra Leone
L.: 14,4 cm
Inv. N° 91.908

Fourchette à deux dents dont le manche tourné est divisé par trois petits nœuds. L'extrémité du manche porte deux anneaux sculptés auxquels est suspendue une petite corbeille.

Museum für Völkerkunde, Vienne (précédemment dans une collection de la maison impériale).

76
Cuiller en ivoire

Bénin - XVIe siècle
L.: 26,3 cm
Inv. N° 91.914

La partie creuse est oblongue et se rétrécit vers le haut. Le manche se compose d'un oiseau aux ailes et à la queue déployées qui porte un poisson dans son long bec. La tête de l'oiseau est surmontée d'une riche décoration sur laquelle vient s'articuler une main dans la position du serment.

Museum für Völkerkunde, Vienne (précédemment dans une collection de la maison impériale).

ETHIOPIE

77
Epée

L.: 120 cm
Inv. N° 73.289

Lame à l'extrémité recourbée; ornements gravés; inscriptions abyssiniennes en écriture éthiopienne. Fourreau fortement recourbé, en bois recouvert de velours bleu, décoré de ferrures ajourées et dorées.

Museum für Völkerkunde, Vienne.

78
Manteau d'apparat

L.: 120 cm
Inv. N° 73.298

Manteau de souverain, en velours rouge, avec broderies de soie, plaquettes décoratives dorées, doublure de soie.

Museum für Völkerkunde, Vienne.

79
Défense d'éléphant

L.: 170 cm
Inv. N° 73.301

Défense d'éléphant enveloppée de cuir pour le transport à l'intérieur du pays.
Emballage d'origine

Museum für Völkerkunde, Vienne.

L'épée, le vêtement d'apparat et la défense d'éléphant sont des cadeaux du Négus Ménélik à l'empereur François-Joseph Ier (1905).

74

75

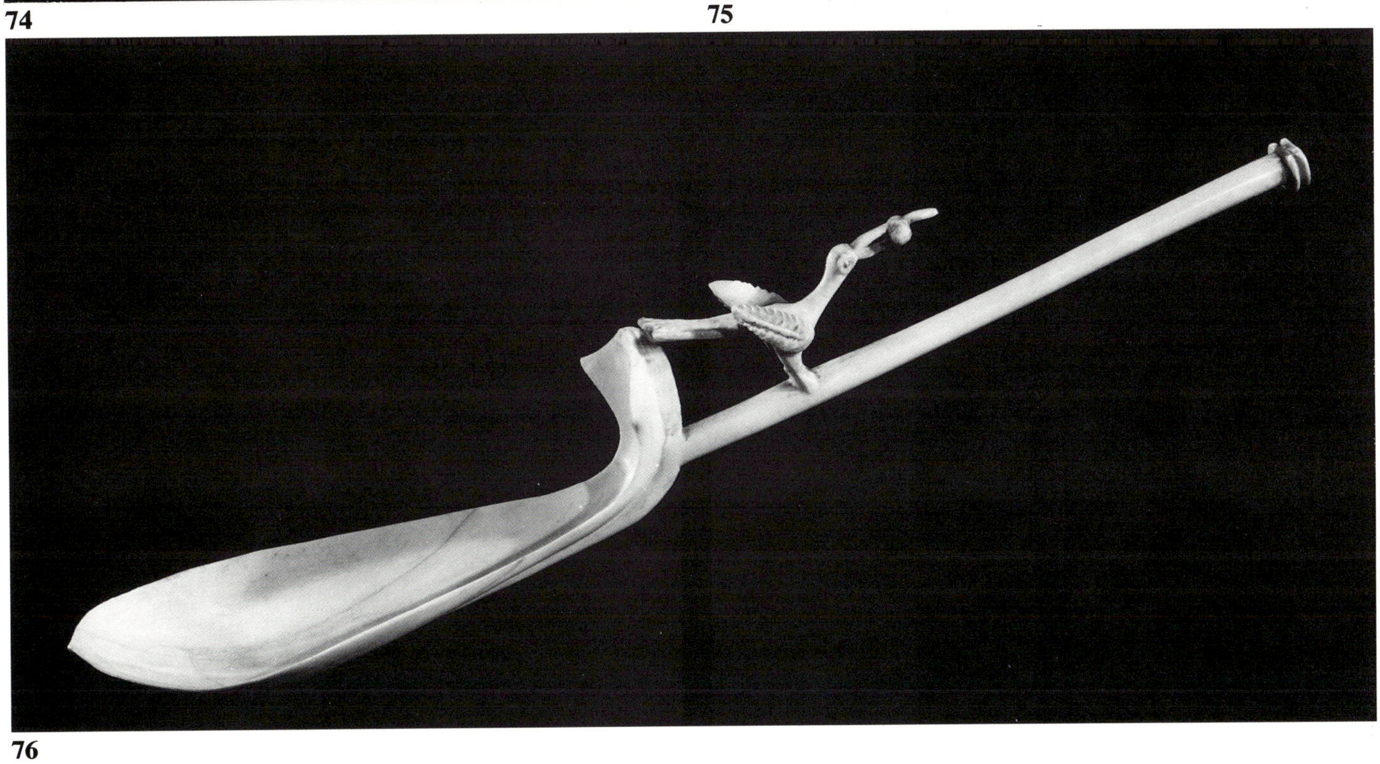
76

82

82

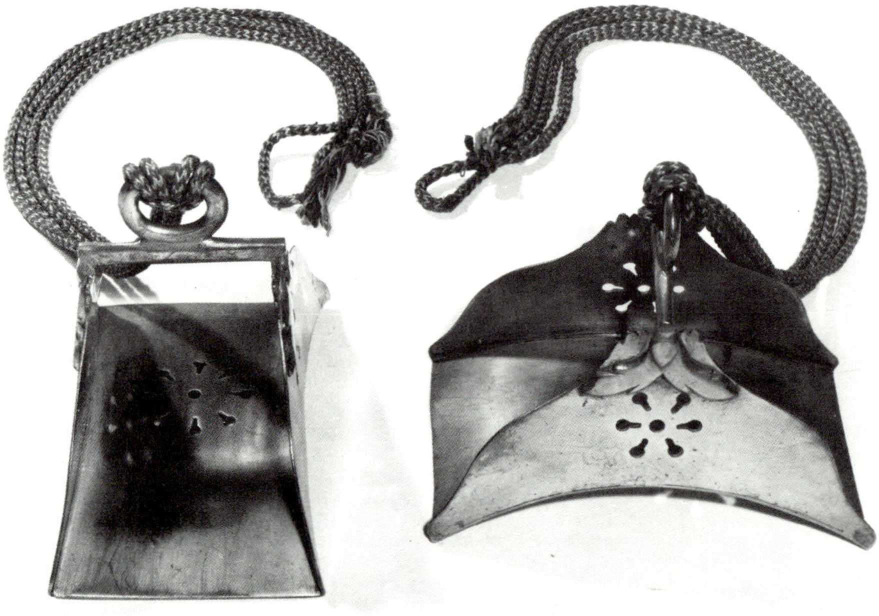

82

ABYSSINIE

80
Bouclier d'apparat avec housse

∅ 50 cm
H. : 15 cm
Inv. N° 89.253 a-b

Bouclier de forme conique typique avec saillie et quatre boutons. L'intérieur est recouvert de cuir rouge, l'extérieur de peluche violette. Garnitures d'argent laquées d'or. Housse en coton multicolore.

Museum für Völkerkunde, Vienne.

81
Cape en peau de lion

L. : 104 cm
Inv. N° 89.257

Cape bordée de bleu avec doublure multicolore.

Le bouclier et la cape sont deux cadeaux du prince héritier d'Abyssinie Lidsch-Jeassu à l'empereur François-Joseph Ier (1914).

Museum für Völkerkunde, Vienne.

TUNIS

82
Harnais oriental

Cadeau offert à l'empereur François-Joseph Ier par le Bey de Tunis en 1857.

La passementerie de velours cerise recouvrant les guides est décorée de feuillages, partiellement sur fond d'or, et de métal en feuilles. Broderie de fils d'or. Travail ajouré sur feuille d'or et garnitures en métal doré. Deux signes arabes ciselés.

Le harnais se compose des éléments suivants :

A. Brides
a) Le harnachement de tête
Il comporte une splendide têtière brodée, pourvue d'un bouton décoratif en laiton doré. A l'avant, on trouve les montants recouverts de fils d'or. Le frontal et les œillères sont cousus à la partie supérieure des montants. A l'arrière, la sous-gorge est filetée d'or.
b) Le dessus-de-cou
Cette pièce de cuir fin est couverte de broderies d'or à l'extérieur, tandis que l'intérieur est doublé de damas jaune.
c) Le mors
Deux tiges courbes sont fixées à l'embouchure et aboutissent chacune à un œillet qui est relié à la partie inférieure du montant par un anneau de métal.
d) La gourmette
Elle est réalisée dans une chaînette nickelée, dont les extrémités sont plus fines. Elle est attachée au mors par des crochets.
e) La rêne
Elle se compose d'une forte pièce brodée d'or et pourvue de motifs cruciformes de soie rouge et noire. La rêne est cousue à l'anneau inférieur du mors.

B. Selle
a) Les arçons
Cette selle orientale en bois est revêtue d'une chabraque de velours rouge. Elle est équipée d'un pommeau étroit et haut à l'avant et d'un troussequin haut et large à l'arrière. Le tout est en bois.
b) Les étrivières
Les deux étrivières recouvertes de passementerie d'argent et de soie rouge ont une longueur de 380 cm.
c) Les étriers
Deux étriers orientaux.
d) Les fontes
Elles sont réalisées dans du cuir brun et mesurent 45 cm de long. Elles se composent d'un fourreau et d'une bouterolle d'une seule pièce. Le velours rouge dont elles sont garnies à l'extérieur est finement brodé d'or dans le bas.
e) Le poitrail
Cette sangle de cuir brun, qui a une longueur de 102 cm pour une largeur de 8,5 cm, est recouverte de velours rouge décoré d'une broderie d'or.

Kunsthistorisches Museum, Wagenburg, Vienne.

PEROU

83
Balance

L. : 15 cm
Pérou, culture de Chancay, 1000-1450
Inv. N° 257

Fléau en os avec figures, sacs en coton tressé

Cadeau offert par l'archiduc Jean en 1816 au cabinet ethnographique de la cour impériale et royale. Jean-Baptiste, archiduc d'Autriche (1782-1859), fils de l'empereur Léopold II, gouverneur de Styrie, était un amateur d'art. Il fonda notamment le Joanneum à Graz (1811).

Museum für Völkerkunde, Vienne.

GUYANE

LA COLLECTION DE ROBERT HERMANN SCHONBURGK

Les objets suivants proviennent de la collection du voyageur allemand Robert Hermann Schonburgk (1804-1865) qui, envoyé par la Royal Geographic Society de Londres, explora la Guyane anglaise et les territoires voisins du Brésil et du Venezuela de 1835 à 1839. La collection ethnographique comprend 109 objets : vêtements, armes, parures, ustensiles, etc. de diverses tribus indiennes de ces régions. La collection fut offerte à l'empereur Ferdinand Ier en 1838 sur la base de l'inventaire écrit de la main de Schonburgk.

84
Couvre-chef

∅ 32 cm
Macushi, Guyane
Inv. N° 2.647

Bandeau circulaire tressé entouré d'une bande de coton retenant trois rangées de plumes.

Museum für Völkerkunde, Vienne.

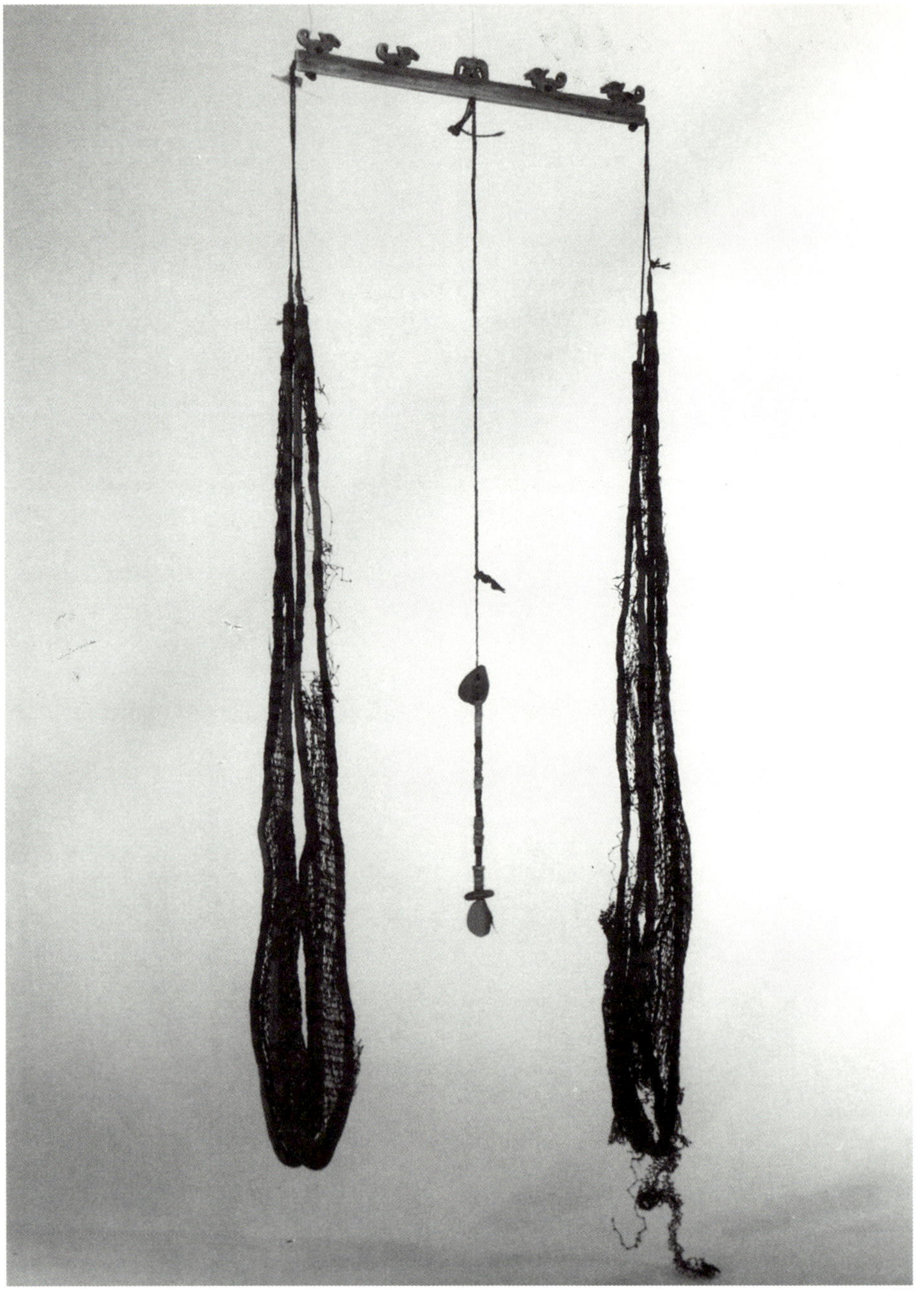

83

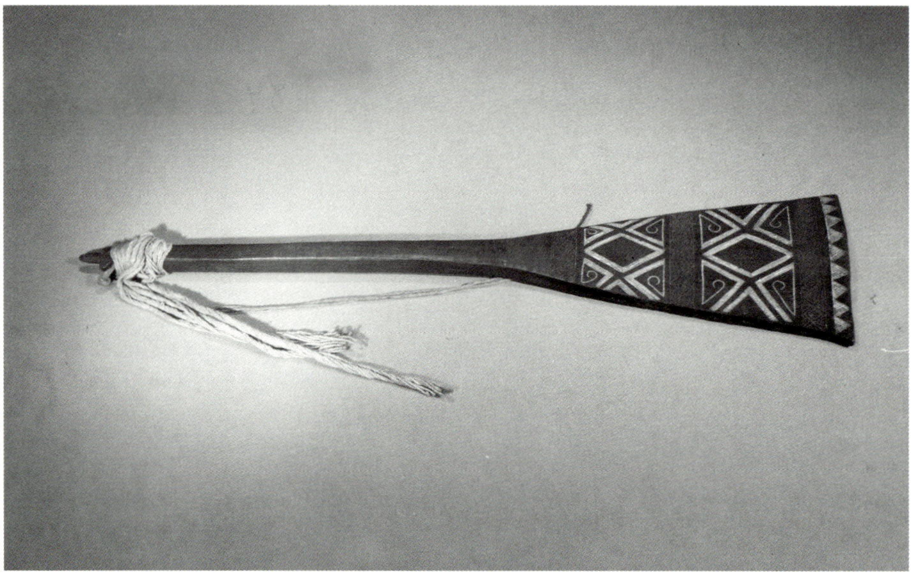

86

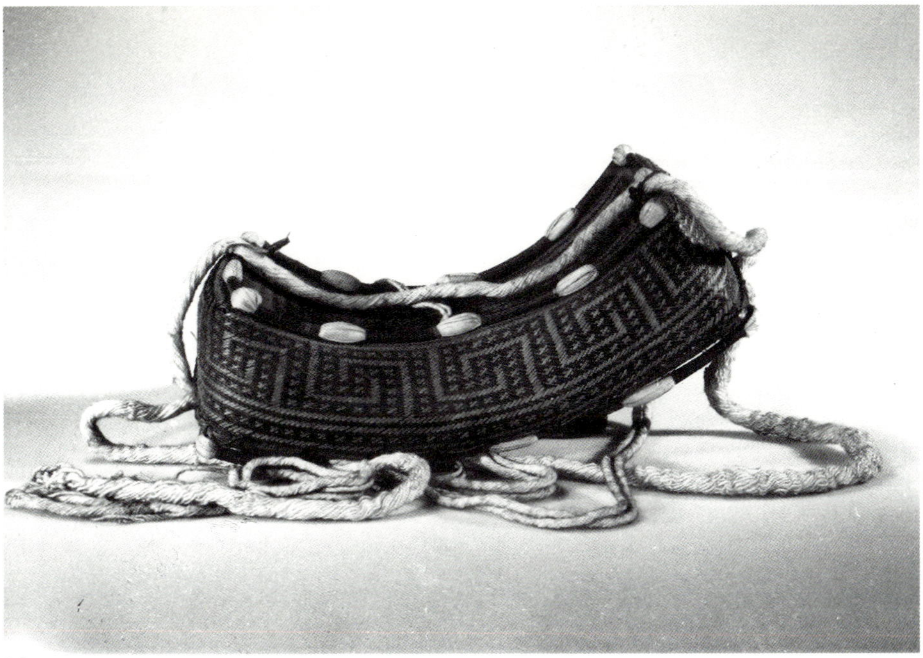
88

89

85
Parure de plumes (pour le dos)

L.: 65 cm
Guyane britannique
Inv. N° 2.652

Plumes d'ara rouges et bleues attachées à un cordon de coton.

Cette parure de plumes d'ara couvrait les épaules pendant les festivités. Les Indiens l'utilisaient également pour les danses et les beuveries.

Museum für Völkerkunde, Vienne.

86
Massue de chef de tribu

L.: 91 cm
Guyane
Inv. N° 2.639

Bois dur, avec motifs décoratifs sculptés en creux et remplis de peinture blanche.
Cordons de coton au manche.

Museum für Völkerkunde, Vienne

87
Massue carrée

L.: 45 cm
Guyane
Inv. N° 2.642

Bois dur et pierre.
Cordelettes de coton à la poignée.

Museum für Völkerkunde, Vienne.

88
Sac d'homme

L.: 31 cm
Macushi, Guyane
Inv. N° 2.675

Destiné aux articles de toilette et parures. Jonc tressé. Couvercle avec cordons de coton et motifs décoratifs noirs.

Museum für Völkerkunde, Vienne.

89
Corbeille

L.: 21 cm
Aruak, Guyane
Inv. N° 2.681

Jonc tressé. Couvercle allant jusqu'à la base, avec motif décoratif de couleur noire.

Museum für Völkerkunde, Vienne.

90
Pot

H. : 11 cm
Caraïbes, Guyane
Inv. N° 2.688

Argile peinte en rouge brun sur fond beige.

Museum für Völkerkunde, Vienne

91
Plat

∅ 15,8 cm
Caraïbes, Guyane
Inv. N° 2.693

Argile peinte en rouge brun sur fond beige à l'intérieur.

Museum für Völkerkunde, Vienne.

BRESIL

92
Deux demi-calebasses

∅ 18,7 cm
Inv. N° 2.684
∅ 19,2 cm
Inv. N° 2.685
Rio Branco, Brésil

Entièrement peintes en noir.
Décoration polychrome

Il s'agit d'objets d'art fabriqués par des Indiennes « civilisées » au début du XIXe siècle étant donné que le décor est dominé par des motifs européens (en l'occurrence portugais).

Museum für Völkerkunde, Vienne.

90

91

92

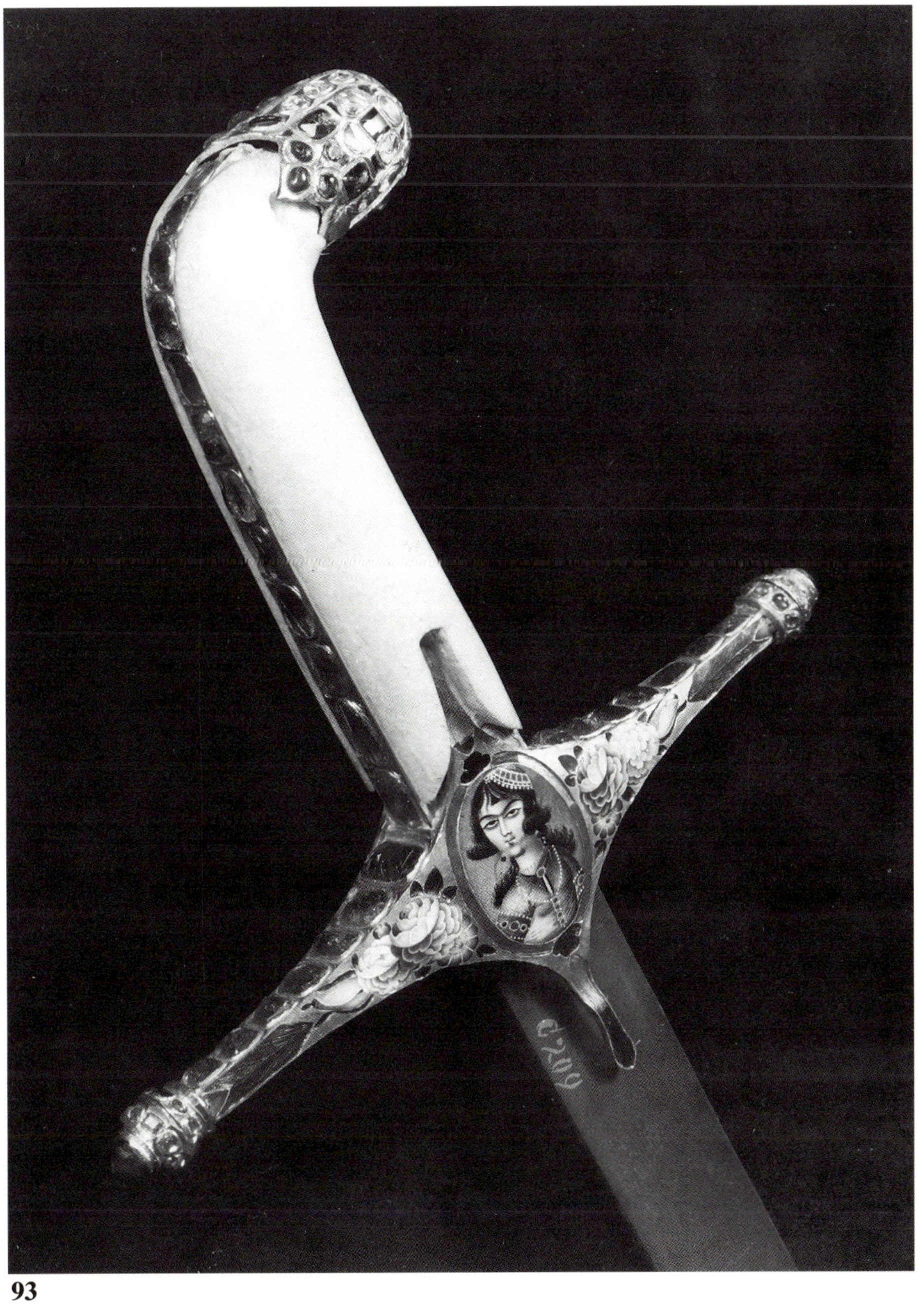

93

PERSE

93
Sabre d'apparat

Perse 1813
Longueur hors tout: 96 cm
Inv. Nº C 209

Cadeau diplomatique du shah Fath Ali Khan (qui régna de 1797 à 1834) à l'empereur François Ier d'Autriche.

Par la forme, ce sabre perse correspond à celui du shah Hussein. La poignée est également d'ivoire mais, entre de nombreux saphirs blancs, on note des incrustations de magnifiques émeraudes sur la garde et le fourreau de velours. L'inscription qui orne l'élégante lame n'a été déchiffrée que récemment. Outre le millésime 1813, l'arme porte le nom du shah de Perse Fath Ali Khan, qui régna de 1797 à 1834, originaire de la tribu turkmène des Kadjars (rives de la mer Caspienne). Leur souverain Aka Mohammed, oncle de Fath Ali, s'était emparé en 1794 du trône du paon, que sa dynastie occupa jusqu'en 1925. L'intérieur de la garde porte, au lieu d'une émeraude, un émail représentant une beauté persane, dont la conception et l'attitude sont visiblement marqués par le goût romantique de la peinture européenne contemporaine. Elle est entourée de roses, fleurs dont la culture devait atteindre un véritable point de perfection un siècle plus tard en Perse. 1813 est la date du malheureux traité de paix de Goulistan, aux termes duquel, après une longue guerre, le shah abandonnait au tsar de Russie les territoires de Transcaucasie, la Géorgie et une partie de l'Arménie.

Kunsthistorisches Museum, Waffensammlung, Vienne.

Bibliographie:
Wendelin Boeheim, Führer durch die Waffensammlung, *Vienne 1889, p. 177, Nº 165. - August Grosz-Bruno Thomas,* Katalog der Waffensammlung in der Neuen Burg, *Vienne 1936, p. 106. - Bruno Thomas,* Orientalische Kostbarkeiten, *in:* Bustan, *Wien 1963-1964, p. 125.*

CHINE

94
Coupe

XVIIIe siècle
H. : 14,5 cm
Inv. N° 12.607
Münz- und Antikenkabinett.

Sculptée dans une corne de rhinocéros. A l'extérieur, pampre en relief. A l'intérieur, motif en feuilles de chrysanthème.
La coupe est supportée par un moine en bronze doré.

Museum für Völkerkunde, Vienne.

COREE

95
Tenue d'apparat coréenne

Corée, fin du XIXe siècle
Inv. N° K1

L'empereur François-Joseph Ier (1848-1916) reçut de l'empereur de Corée une tenue d'apparat réalisée dans le style chinois de la période Chien-Lung (XVIIIe siècle). Le casque sphérique, décoré d'or et d'émail bleu, se termine par une pointe surmontée d'une touffe de crins roux. Les protège-joues, le couvre-nuque et le manteau de tissu rouge rembourré, bordé de fourrure et doublé de soie bleue est renforcé par des clous d'or. Les épaulettes sont en or richement travaillé. Avec coffre.

Kunsthistorisches Museum, Waffensammlung, Vienne.

SIAM (THAILANDE)

96
Sabre et fourreau

L. : 73 cm
Inv. N° 91.924 a et b

Sabre en fer légèrement recourbé vers l'arrière avec tête de créature fabuleuse au-dessus de la courbe de la garde. Le fourreau de bois recouvert de métal est entièrement décoré d'émaux de couleur et serti de pierres précieuses.

Museum für Völkerkunde, Vienne.

97
Trident et trois fourreaux

L. : 50,7 cm
Inv. N° 91.925 a, b-d

Trident composé d'un manche de fer droit et de trois fines pointes proéminentes en forme de lancettes. La base des dents est richement décorée : les deux latérales sortent de la gueule d'un monstre, la médiane montre des deux côtés un éléphant blanc en trois parties surmonté d'une tourelle. Le manche et les trois pointes sont dorés, décorés d'émaux en couleurs et sertis de pierres précieuses. Les trois fourreaux de bois recouverts de feuilles d'or sont partiellement ornés d'émaux en couleurs.

Museum für Völkerkunde, Vienne.

Ces deux objets furent offerts par le roi du Siam Somdech Phra Paremendr Maha Chulalonkoru à François-Joseph Ier, empereur d'Autriche, le 15 mai 1878.
Le roi du Siam fit fabriquer par ses artisans un trident royal, l'un des insignes les plus anciens de la souveraineté suprême dans les royaumes orientaux. Cet attribut royal servait aux souverains indiens depuis l'époque védique. En 1878, le trident était encore l'une des armes les plus sacrées des rois du Siam.

INDE

98
« Kinnari vina »

L. : 70,5 cm
Inv. N° 91.923 : 1003

Luth à long manche, du type sitar. Caisse hémisphérique en calebasse. Cinq cordes d'argent, deux chevalets en ivoire et seize frettes (dont huit dorées). Se joue avec un plectre métallique (mizrab).
Ce sitar fut remis personnellement par Tagore en 1888 à l'empereur François-Joseph Ier.

Museum für Völkerkunde, Vienne.

99
« ta'us » ou « mayuri »

L. : 99 cm
Inv. N° 10.346 : 1006

Luth à long manche du type esrar. Quatre cordes mélodiques et quinze bourdons en métal. Seize frettes, dont onze en argent. La caisse couverte d'une membrane en forme de paon stylisé est dorée tout comme l'extrémité supérieure, qui représente une tête de canard. Le manche est décoré de brocart d'argent. L'archet, de type européen, est recouvert de velours. L'instrument tire son nom du paon (mayuri) dont la tête orne l'extrémité de la caisse.

Museum für Völkerkunde, Vienne.

100
« Tritantri vina »

L. : 96 cm
Inv. N° 45.847 : 1011

Caisse sonore en bois, plate et ronde, cannelée sur le côté. Trois cordes passent chacune à travers une boule au bas de la table d'harmonie. Les bords avant sont ornés de bandes d'ivoire et d'incrustations décoratives en noir.

Museum für Völkerkunde, Vienne.

101
« Minasarangi » (violon pisciforme)

L. : 97 cm
Inv. N° 45.857 : 1017

La caisse est une longue courge aux extrémités de bois sculpté qui représente un poisson stylisé. Membrane à la partie inférieure. Cinq cordes à jouer (boyau) et onze bourdons (métal) sont montés sur une tringle séparée parallèle au manche. L'archet est de forme européenne.

Museum für Völkerkunde, Vienne.

LE COLLECTIONNEUR

Le rajah Sir Sourindro Mohun Tagore est sans aucun doute l'un des plus remarquables parmi les collectionneurs d'instruments de musique non européens conservés au musée ethnographique. Il se consacra à l'étude de l'histoire de la musique indienne et obtint un doctorat dans cette branche. Il passa le plus clair de sa vie à rédiger des écrits sur ce thème et à collectionner les décorations du monde entier. Pour les obtenir, il offrit des collections d'instruments indiens à de nombreuses maisons régnantes d'Europe. Le musée ethnographique de Vienne possède trois collections significatives (pas moins de 83 instruments de musique) de Tagore, qui était titulaire de décorations autrichiennes. Les quatre pièces décrites ci-dessus en font partie.

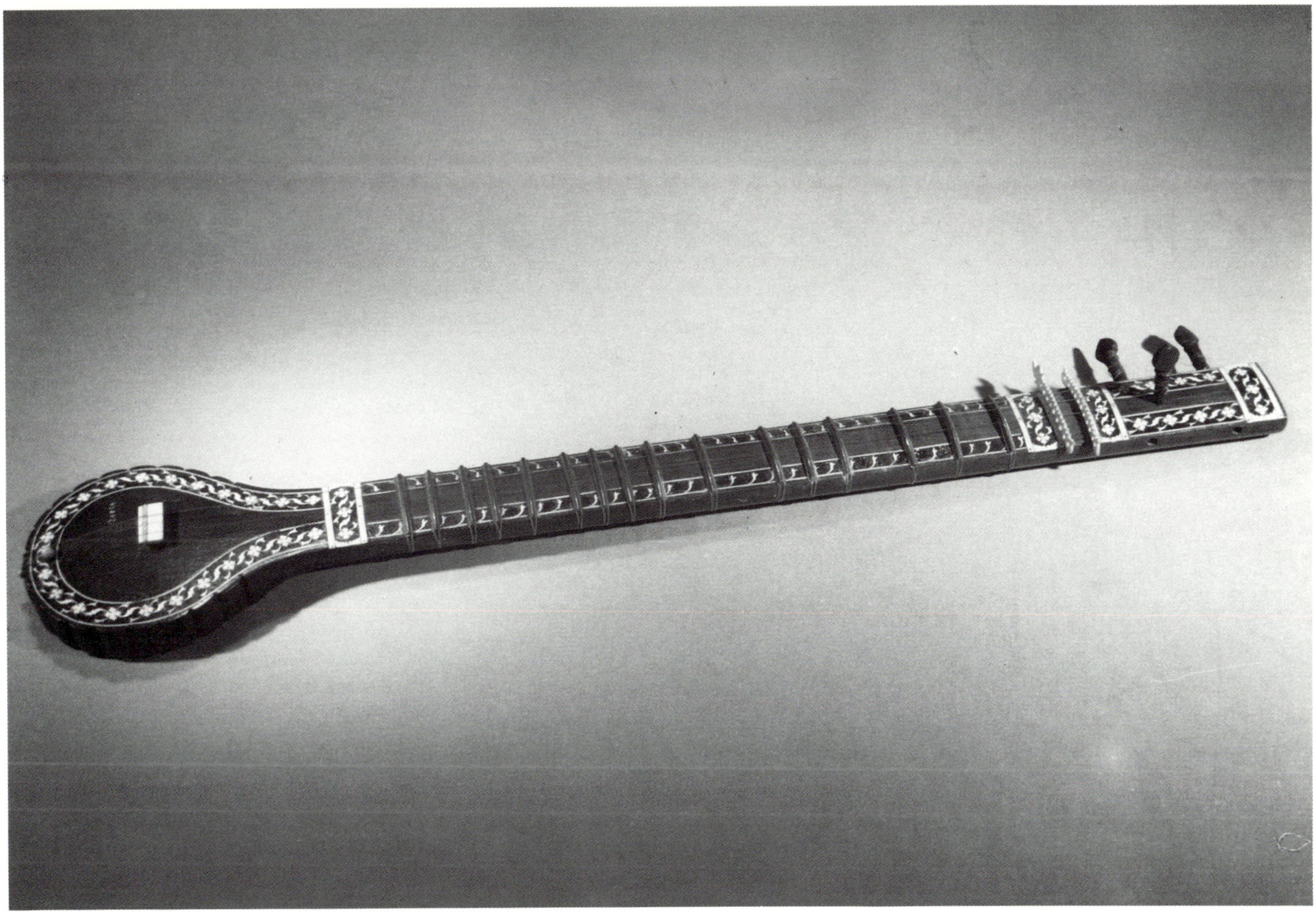

100

101

INDONESIE

102
Kris

Fer, or et bois
L. : 47 cm
Java
Inv. N° 12.660 a

Lame damasquinée en forme de flamme (11 courbes), avec riche décoration en or. Poignée en bois recouverte de feuilles d'or et représentant un démon accroupi. K.u.k. Münz- und Antikenkabinett. Autrefois au trésor de Graz (avant 1621).

Museum für Völkerkunde, Vienne.

103
Kris

Fer et bois
L. : 46 cm
Java
Inv. N° 91.917 a

Arsenal impérial, avant 1875.
Lame damasquinée en forme de flamme (7 courbes). Poignée en bois de type Garuda.

Museum für Völkerkunde, Vienne.

104
Vichnou

Bronze
H. : 7,5 cm
Centre de Java, VIIIe - Xe siècle
Inv. N° 12.634

Personnage à quatre bras, assis en lotus.
Attributs reconnaissables : le disque et la conque.

Museum für Völkerkunde, Vienne.

105
Cloche de temple

Bronze avec traces de dorures
H. : 25 cm
Java, X^{e}-XIVe siècle
Inv. N°s 12.643 et 12.635

Cette cloche à suspendre en forme de stupa, dont l'anse est décorée d'un lion, était sonnée de l'extérieur au moyen d'un maillet.

Museum für Völkerkunde, Vienne.

104

105

106
Cloche d'animal

Bronze
H. : 14 cm
Centre de Java, VIIIe-Xe siècle
Inv. N° 12.645

Forme sphérique. Trois fentes. Grelot à l'intérieur.

Museum für Völkerkunde, Vienne.

107
Pointe de bâton à crécelle

Bronze
H. : 22 cm
Java, X^{e}-XIVe siècle
Inv. N° 12.646

Trois arceaux avec anneaux mobiles qui s'entrechoquent. Ces bâtons étaient un attribut important des moines et ascètes errants.

Museum für Völkerkunde, Vienne.

108
Gobelet à zodiaque

Bronze
H. : 11 cm
Java (est), XIVe siècle
Inv. N° 12.638

Les zodiaques javanais sont disposés l'un au-dessus de l'autre en deux rangées. Ces gobelets représentant le zodiaque étaient encore récemment utilisés dans les cérémonies religieuses des populations du Tengger (est de Java).

Museum für Völkerkunde, Vienne.

Ces cinq bronzes sont un cadeau du peintre javanais Raden Saleh à l'empereur François Joseph Ier.

K.u.k. Münz- und Antikenkabinett (1870).

106

107

Crédits photographiques

(Les chiffres renvoient aux numéros du catalogue.)

Bundesmobilienverwaltung. Ehemalige Hofsilber- und Tafelkammer, Vienne,
8, 11, 16

Direktion der Museen der Stadt Wien, Vienne
26, 31A-B-C-D-E-F-G, 32A-B-C-D

Foto Atelier Wilhelm Albrecht, Innsbruck
7

Fotostudio Otto, Vienne
4, 15, 15A, 19

Kunsthistorisches Museum Wien, Reproduktionsabteilung, Vienne
2, 5, 13, 17A-B, 18A-B, 24, 43, 82A-B-C, 93 (n/b)

Marianne Haller, Südstadt
6, 9A-B, 12, 14, 16A, 21A-B-D, 22, 25A-B, 28, 35, 41, 42, 47, 48, 54, 55, 56, 57, 58, 60A-B-C-D-E, 64, 65, 66, 67, 88, 93 (coul.)

Museum für Völkerkunde, Vienne
68, 70, 71, 72, 73, 74, 75, 76, 78, 83, 85, 86, 88, 89, 90, 91, 92, 94, 96, 97, 99, 100, 101, 102, 106, 107

Sommaire

D/1987/0348/32
ISBN 2-87193-043-0

Crédit Communal

Conseil d'administration

Frank Swaelen
Hove, président, sénateur, bourgmestre

Jacques Donfut
Frameries, vice-président, échevin

Albert Claes
Bruges, député honoraire, échevin

Léon Hurez
La Louvière, député honoraire, ancien bourgmestre, conseiller communal

Paul Meyers
Hasselt, député honoraire, bourgmestre

Louis Tobback
Louvain, député, conseiller communal

Pierre Havelange
Bruxelles, député honoraire, ancien conseiller communal

Marcel Imler
Schoten, bourgmestre honoraire

Alfred Evers
Eupen, sénateur, bourgmestre

Honoré Van Steenberge
Gand, député permanent honoraire

Joseph Michel
Virton, administrateur en congé, ministre de l'Intérieur, conseiller communal

Marcel Van Audenhove
Auderghem, conseiller financier, directeur gérant honoraire

Jules Bastin
La Roche-en-Ardenne, ancien bourgmestre, conseiller communal

Roger Pernot
Gand, député permanent

Achille Diegenant
Dilbeek, député, conseiller communal

André Dubois
Soignies, premier échevin

Serge Kubla
Waterloo, député, bourgmestre

Hector Magotte
Liège, conseiller communal

Hugo Schiltz
Anvers, député, conseiller communal

Joseph Moreau de Melen
Rixensart, conseiller, sénateur honoraire, conseiller communal

Comité de surveillance

Paul Bolland
Dalhem, président, député permanent

Joseph De Meester
Hoogstraten, vice-président, conseiller provincial

Charles Bailly
Liège, ancien sénateur, ancien bourgmestre

Armand De Rore
Courtrai, sénateur honoraire, conseiller communal

Commissaires du Gouvernement

Jacques Rousseaux
Inspecteur général, Cabinet du président de l'Exécutif flamand

Emiel Beyens
Secrétaire général, adjoint bilingue au ministère de l'Intérieur

Délégués des Exécutifs

Georges De Langhe
Cabinet du ministère communautaire flamand de l'Intérieur et de l'Aménagement du Territoire

Carlos Dumortier
Directeur d'administration au ministère de la Région wallonne

Michaël Van Vlasselaer
Chargé de mission extraordinaire à l'Exécutif de la Région bruxelloise

Commissaires-réviseurs

Victor Emons

Daniel Van Woensel

Comité de direction

François Narmon
Directeur gérant, président

Alphonse Brouwers
Premier directeur, adjoint au directeur gérant, vice-président

Monique Goethals
Directeur

Maurice Mahler
Directeur

Luc Onclin
Directeur

Jozef Asselbergh
Directeur

Jacques Labar
Inspecteur général

Sièges en province

Anvers
Grote Steenweg 454,
2600 Berchem (Antwerpen)

Brabant
Rue du Moulin à Papier 55,
1160 Bruxelles

Flandre Occidentale
Sint-Jansstraat 7B,
8000 Brugge

Flandre Orientale
Kortrijksesteenweg 1066,
9820 Sint-Denijs-Westrem (Gent)

Hainaut
Rue de Frameries 18,
7000 Cuesmes (Mons)

Liège
Voie de l'Ardenne 134,
4920 Embourg (Chaudfontaine)

Limbourg
Paul Bellefroidlaan 20,
3500 Hasselt

Luxembourg
Rue de la Poste 13,
6700 Arlon

Namur
Chaussée de Louvain 436,
5004 Bouge (Namur)

Siège social

Boulevard Pachéco 44,
1000 Bruxelles